拝啓、諭吉様。

もし現代の若者が
『学問のすすめ』を学んだら

永松茂久

すばる舎

もしあのとき、あの人と出会っていなかったら、
僕はいまごろ、どこで何をやっていたのだろう？

プロローグ

「今日はお時間をいただきありがとうございます。『月刊サクセス』の丸山と申します」


桜が咲き誇る東京都港区元麻布にそびえ立つ、超高級マンションの一室。

窓から広がる景色には、麻布台ヒルズをはじめとするタワーマンション群が立ち並び、その向こうには東京タワーが四方の街を見守るように鎮座している。

時刻は朝10時だったので、その部屋には東の方向から暖かい陽の光が差し込んでいた。

ライターの丸山ひな子は、景色が一望できる窓際のテーブルに通され、部屋の主と向き合って座った。


「すごいマンションですね」

「ありがとうございます。ここからの景色が大好きなんです。でもこの建物、少し変わった形をしているでしょ。よく人からは〝巨大な懐中電灯みたいなマンションだね〟って言われるんです」

そう言って笑った部屋の主は中西元《げん》、35歳。

その日の取材は、有名ビジネス雑誌である『月刊サクセス』の〝若獅子たち〟という、いまをときめく若手実業家たちの特集だった。そして今回、その企画の巻頭を飾るのが、中西元だったのだ。


「中西社長、『中津からあげ福屋』、100店舗達成おめでとうございます」

「ありがとうございます」

「今日はどうぞよろしくお願いいたします」

「こちらこそ。楽にいきましょう」

メモをするためのノートとペン、音声収録用のICレコーダーをセットし、ひな子はさっそく取材を始めた。

「まずはじめに、社長はなぜ、からあげのビジネスを始められたのですか？」

「あ、まずはそこからなんですね。えっと、僕の生まれ育った大分県中津市という場所は、『からあげの街』として全国的に有名なエリアなんです」

「はい、よく存じております。学生の頃に行った九州旅行の際、からあげ巡りをするために中津を訪れたことがあるんです」

「わあ、そうなんですか。嬉しいです。その中津駅から続く商店街の中で、以前僕の母が小さな居酒屋を営んでいまして、そのメニューの中で一番人気だったのがからあげでした。母が教えてくれたそのレシピをベースに、テイクアウト用に改良を加えながらできたのが、『福屋』のからあげなんです」

「そのお母さんのからあげをこうして全国展開されたというのは、まさしく中西社長の天才的な経営手腕がなせるわざですね。お若いのにすごいです」

「丸山さんはもっとお若いじゃないですか」

そう言って元は笑った。

「そんな経緯で始めたので、僕の起業に関しては、『大きな夢を描いて始めた』というかっこいいものではなく、簡単に言えばなりゆきだったんです。生まれ育った家にたまたまこのからあげがあった、つまり運がよかったんです。僕にとっては当たり前にあるものだったので、その魅力にはまったく気づいていませんでしたが」

「人ってあまりにも当たり前にあるものの魅力には気づきにくいですもんね」

合いの手を入れながら、ひな子は話を広げていく。

「そのとおりなんです。そんな僕に、ある人が『お母さんがつくるこのからあげこそが君の宝だ』と気づかせてくれたおかげで、僕はこのビジネスを始めることができたんです」

「その方が言ってくれたから始めた、という理解で正しいでしょうか？」

「はい、そのとおりです。きっかけをくれたのは間違いなくその方です。ですから屋号はその人の名前の一字をお借りして、『福屋』にしました」

「その方はお名前に『福』という字が入っているんですか？」

「入っています。もちろんこの屋号には『からあげを通して人々に幸せを届けたい』という思いも含まれていますが、実はそれは後づけなんです」

そう言って元はまた笑った。

この話を入り口に、からあげの街、大分県中津市とはどんなところなのか、起業当初、苦労したこと、事業のブレイクポイント、全国出店のきっかけ、経営において大切にしていることはなんなのかなど、ひな子はあらかじめ準備してきた質問をしながら取材を続けた。


取材が始まってからまだわずかな時間にもかかわらず、前日まで元に抱《いだ》いていたイメージと、実際の元とのギャップに、ひな子は驚いていた。

元にはその知名度にそぐわない謙虚さがあり、若くして成功した実業家によくありがちな「俺が、俺が」という自我の押し出しをまったく感じさせない。

それどころか、相手の緊張を見抜き、その力みを和らげるために包み込むように優しく話す元の魅力に、ひな子は引き込まれ始めていた。

1時間ほど飲食事業の話を聞いた後、ひな子は元の会社のホームページに書いてあった、新しい事業についてたずねた。

「中西社長、最近出版に力を入れられてますよね。今回出された本も10万部のベストセラー。すごいです。本当に多才ですね」

「おかげさまです。4年前、とある出版社の方からお話をいただいたので、師匠の真似をして本を書き始めたんです。そこから年に2冊くらいのペースで出版できるようになりました。今回の本も10万部とは言っても、師匠に比べれば赤子のようなものです」

「お師匠さんがいらっしゃるんですか？」

「はい、僕にからあげ屋を始めるきっかけをくれた、その人です」

「その方って、本を書かれているんですか？」

ひな子のその質問に、元は少しハッとした顔をした。

あれ？　なんかまずいこと聞いちゃったかな？　そう不安になったひな子に気づいたの

か、元は慌てて答えた。

「あ、いや、師匠というか、一方的に僕がそう思っている人なんです。本は書かれていますが、なんというか…、ちょっと説明しにくい人なんです」

「その方ってどんな方なんですか？　知りたいです」

「いや、それはちょっと言えないんです。いろいろ事情がありまして…」

その人のことを教えてください！　そう言いたかったが、ひな子はいったん我慢した。〝もし相手が話しにくそうにしたら、いったんそこで追求するのはやめること。そのときは別の話題に切り替え、話が広がった後、もう一回チャレンジせよ〟

所属する編集プロダクションの先輩が教えてくれた取材のノウハウを思い出したのだ。ひな子はふたたび用意してきた取材原稿をもとに、元が始めた出版事業の話に戻すことにした。


「中西社長はここから執筆を事業のもうひとつの柱にされるんですか？」

「そうできたらいいなとは思っています。実は自分が書くだけでなく、最近、出版の会社をつくったんです。そしてここからは、経営を教えるビジネススクールをその出版社の中に併設したいんです」

「その出版社のお名前をお聞きしてもいいですか？」

「センチュリー出版と言います」

「あの、からあげと出版社、そしてビジネススクール。だいぶ違った業種ですね。ちなみにそれは最近思いつかれた事業なんですか？」

ひな子は素直に疑問に思ったことを質問した。

「実は僕は起業した頃から、ずっとこの出版と教育の事業を始めることが目標だったんです。しかし最初はそんな実力もお金も、そしてノウハウもありません。だからまずはからあげで自分の生計をしっかり立ててから、この事業に参入しようと決めていました」

「生計を立てるつもりで始めたことが全国に100店舗、すごいですね」


出版はひな子の仕事に大きく関わる分野だ。そもそも編集プロダクションという業態そのものが、出版業界の仕事と言える。

心なしか、先ほどのからあげのときよりイキイキとしている元が語る事業プラン、出版業界に対する見識の深さ、そして目から鱗が落ちるような実業家ならではの視点にひな子はワクワクした。「私もこの人の出版教育事業を手伝いたい！」。口には出さなかったが、無意識にそう思い始めている自分に半ば驚いていた。

「あの、丸山さん、僕、話しすぎてる気がするんですが、お時間って大丈夫ですか？」

出版教育事業の話題で盛り上がりすぎ、気がつくと時間は当初の予定より大幅に延長していた。取材する人間としては失格かもしれなかったが、ひな子は元の話をもっと聞きたいという衝動を抑えることができなかった。

「はい、今日はこの後、何にも予定がないので、もし中西社長が大丈夫であれば、もう少しお話を聞かせていただきたいです」

それは嘘だった。ひな子は翌朝が締め切りの原稿を抱えていた。しかし、そんなものは徹夜すればどうにでもなる。1日や2日くらい寝なくても死なない。だって若いんだから。そう腹をくくっていた。

「逆に私のほうこそ、こんなにお時間いただいちゃってすみません。中西社長は今日、この後のご予定は？」

「僕は夕方にある人を迎えに行く予定があるので、それまでは大丈夫です。まあ迎えと言っても、すぐ近くなんですが」

その後も元とひな子は出版の話で盛り上がった。逆に元が出版業界についてひな子にさまざまな質問をし、ひな子が業界について自分の知っていることを答えるという、客観的に見ると、ライターと取材を受ける側がひっくり返った状態になっていた。

ひな子はその状態に気づくたびに質問者に戻ろうとしたが、元から飛び出てくる出版人のツボをつく質問に、思わず自分の立場を忘れて話し続けていた。元から事業の展望を聞いていく流れで、ひな子は無意識に聞いた。

「中西社長、人生の夢ってありますか？」

「…あると言えばあります。でも普通に考えると、それってとても非現実的なものなので」

「ぜひ聞かせてください」

「えっと…『ある会に入ること』、それが夢。それくらいで勘弁してください」

それまでは、聞けばほぼなんでも答えていた元が、言葉を濁した。

そういえばさっきも、師匠についての言及にだけは口を閉ざした。そしてこの質問にも同じ反応をした。答えにくそうにしている元の姿が、さらにひな子の好奇心を刺激した。

〝先輩、ごめんなさい。私はあなたが教えてくれた取材ノウハウをいったん心の押し入れに入れることにします〟

先輩が教えてくれた取材のノウハウを無視し、ひな子は我慢できず、元に対してさらに追求した。

「わかりました。ではこれを聞かせてください。中西社長にとってのロールモデルは誰ですか？　その人を参考にしてどんな未来を果たしたいですか？」

「丸山さん、それって聞き方を変えただけじゃないですか。危ないなあ、全部掘り起こされそうだ」

元は苦笑いした。

「記事には書きません。でもその話を聞くと私の運命が大きく変わりそうな気がするんです。中西社長がこれから始める次世代の育成と思ってお願いします」

「あはは。丸山さんはきっといいライターになりますよ」

元はそう言って席を立ち、窓の外を眺めながら何やら考えていた。

気がつけば午前11時半。先ほどの部屋に差し込んでいた東からの陽差しはなくなっていた。フーと深い息を吐き、元が口を開いた。

「丸山さん、あなたは見えない世界って信じるほうですか？」

「えっと、それってスピリチュアルなことですか？　私、大好きなんです」

それは本当だった。朝のテレビの星座占いと、通勤電車の中で大好きな占い師の朝の一言メルマガを見てから仕事を始めることが、ひな子の日課だった。ちなみにその日の運勢は〝人生を変える運命の人たちと出会う〟と書かれていた。

（間違いなくこの人に違いない。でも、人〝たち〟って言ってたけど他にもいるのかな？）

そんなことを考えながら、ひな子はここから始まる元の話にワクワクしていた。

「スピリチュアル…か。確かにそうとも言えるかもしれないな」

「なんですか？　聞かせてください」

「実はこれは妻と身近な数人にしか話したことがない話なんですが、本当にお時間って大丈夫ですか？　短くまとめるつもりではいますが、ひょっとしたらちょっと長くなるかもしれません」

「短くまとめないでください。私、夜中まで大丈夫です」

ひな子はすでに明日締め切りの原稿のことなどすっかり忘れていた。

「あはは、僕のタイムリミットは夕方までなんです。ただちょっと丸山さんには不思議な運命を感じてて」

「運命ですか？」

「ええ。あと、女性に年齢を聞くのは失礼ですが、見たところ丸山さんは20代前半ですよね」

「あ、25歳なのでアラサーになりました」

元はひな子の受け答えになにやら考えた後、しばしの間を置いて言った。

「そうか、ちょうど丸山さんと同じ歳の頃だったのか…。実は10年前の今日、当時25歳だった僕がその人とお別れした日なんです」

「え、その方の命日っていうことですか？」

「ちょっと違うというか、なんというか。複雑なんですが、僕自身の旅が始まった日というか…。その日に丸山さんがこうして聞いてくれたのも、何かの縁なのかもしれない」

ひな子は大きなワクワクと少しの不安に胸を膨らませながら、あらためて姿勢を正して座り直した。

「じゃあ、ちょっと長くなるけどお話ししようかな」

元はふたたび窓の外を見ながら、ゆっくりと話し始めた。

拝啓、諭吉様。おかげさまで僕は元気です。

もくじ

第3章　中津からあげ

第4章　諭吉さんの過ごした町、中津

第5章　『学問のすすめ』で諭吉さんが一番伝えたかったこと

第6章　日本ご先祖委員会

第7章　福澤式、仕事がうまくいく人の考え方

第8章　慶應義塾

第9章　君よ、もっと大きく、自由に生きよ

最終章　サクラサク

第1章 出会い

居酒屋「桜」

オカンと僕と、麻雀オトン

「元、いま昼の2時よ。あんた店でご飯食べるのはいいけど、ほんとにちゃんと仕事してるの?」

カウンターでからあげ定食を食べる僕に、いつものように仕込みをしながら、母なつみが小言を言った。

「してるよ。外回りだから時間は自由なんだよ」

忘れもしない。その日は2024年の4月2日、いまからちょうど10年前の桜の咲き始める頃だった。


2020年のコロナ禍のど真ん中、僕は地方の三流大学を卒業し、特に就職することもなく、地元中津に戻って半年ほどバイト生活を送っていた。そんな僕を見かねた母の店の常連さんの紹介でとある会社に就職し、営業部の社員として働き始めてから約3年半になる。

僕の「元」という名前は、麻雀が好きだった父が、「苗字が中《チュン》と西《シャー》だから、名前も麻雀の牌からつける」と言って探したが、なかなかピンとくる牌がなかったらしく、しかたなく役満の「大三元」から一字を取って「元」と命名したらしい。

その由来を聞いたとき、「俺はマージャンと同じくらいの存在だったんだ」と、自己重要感がゼロになった記憶がある。

僕が中学生のとき、そんな父が突然思い立ってつくったのが、いま僕がからあげ定食を食べている中津市日の出町商店街の居酒屋「桜」だった。その父は僕が高校1年生のとき、病気で死んだ。結果的には「桜」も母に丸投げ状態となった。

そんな適当な父とは対照的で、息子の僕から見ても「よくこの人があのオトンと結婚したな」と不思議に思うくらい、母は働き者だった。お客さん思いで、近所の人が困っていたらすぐに駆けつけてお世話をする、いわば人としてとてもできた人だった。

父の死後、僕を女手ひとつで育ててくれた母に心の底では感謝していたものの、それを口にするのは恥ずかしい、そしてそれをあえて言わないことが、男としてかっこいい在り方なのだと僕は思っていた。

しかし毎晩のように、「桜」でご飯を食べるたびに小言を言われること、そしてそれは僕のことを思って言っていること、加えてその小言が妙に筋が通っていることに僕はいつもイライラしていた。

幼なじみ

「ああ、ほんとにうるさい。めったに昼は来ないだろ。くそっ。来るのは夜だけにすりゃよかった」

ぼそっと呟きながらご飯を食べていると、後ろから店の掃除をしていた女性がいつものように母の援護射撃をする。

「元ちゃん、なつみママの言うとおりだよ。早く食べて仕事仕事」

その女性の名前は美桜《みお》。

僕の幼なじみで、商店街にあった近所のブティックの娘。美桜のお母さんが先代であるおばあちゃんから継いだのだが、商店街の衰退とともに経営に行き詰まり、4年前に店を閉めた。美桜はお母さんの生活を支えるために、東京の有名な大学を卒業後、決まっていた就職先を断って中津に帰ってきた。いまは朝早くから野菜市場で仕事をしながら、それを終えた夕方から「桜」でのバイトを掛け持ちしている。その日はたまたま市場が休みだったらしく、美桜は昼から店の仕込みに入っていた。

美桜はもともと勉強もできたし、性格もよかった。小学校から高校まで、ずっと一緒だったのだが、いつのときも「美桜が学年で一番可愛い」と言われる子だったので、客観的に見ればまあ可愛いのだろう。

しかし僕はあまりにも幼い頃から一緒だったため、学生時代も、そして「桜」でも周りの人たちが美桜のことで騒ぐ理由がよくわからなかった。僕にとって美桜は本当にただの幼なじみでしかなく、それ以上の感情が芽生えたことはなかった。「昔あった『タッチ』というマンガの上杉達也と南ちゃんのようなものだ」とよく店に来るおじさんから言われたことがあるが、僕はそのマンガを知らない。

そんな働き者の母と、気が利いてお客さん受けのいい幼なじみの美桜。正直僕はこの二人のおかげで、自分がさらにダメな人間のように感じてしまう瞬間がよくあった。

ダメ桜と美桜

居酒屋「桜」という店名は、父ではなく母がつけたらしい。それにはある思いがあった。

僕が通った中津市の南部小学校の近くに、桜の有名な場所がある。そこに一本だけ春になってもまったく咲かない桜の木があった。いつしか人はその木を「ダメ桜」と呼ぶようになった。

小学生のときの僕は、勉強はそれなりにできたほうではあったが、小太りで運動神経が悪く、性格も引っ込み思案だった。まあこの手のタイプはいじめにあう。そしてついたあだ名がこの木にちなんで「ダメ桜」。中学生になっても周りからそう呼ばれ、いじられる僕をいつも助けてくれたのが、皮肉にもこの美桜だった。

のちに美桜からその話を聞いた母が「元はダメじゃない。いつか必ず綺麗な花を咲かせる」、その思いから居酒屋に「桜」という名前をつけたのだと後で周りの人から聞いた。

居酒屋「桜」はこれといった特徴のある店ではないが、ただひとつだけ、開店のときから目印となるシンボルがあった。それは桜の木を壁に縫い付け、その枝にイミテーションの桜の花をくくりつけている満開の桜のオブジェだった。

「店の中に桜が咲いてる店」とお客さんが店の特徴を人に伝えるときには紹介し、初めて来るお客さんたちも、日の出町商店街から店内に見えるその桜の木を目印にして集まって来ていた。

ノミの器

いつものように小言が止まらない母と、返事もせずに聞き流そうとする僕。いつもなら

「はいはい」と流すことが僕の習慣だったのだが、その日に限ってはいつも以上に虫の居所が悪かった。

それはその日の午前中、毎回のように嫌味を言ってくるクレーマーから、理不尽な文句をつけられたことが原因だった。

「あの客はうるさいから適当に流しとけ」と真剣に取り合ってくれない上司の適当な対応にもイラつき、当たりどころのない状態で「桜」に行って昼ごはんを食べ始めた矢先に母の小言。心が1平方ミリくらいになっていた僕には、そのいつものやりとりを自分の器に収めることができなかったのだ。

「あー、ほんとにうるさい！　もう二度と来るか、このクソババア！」

正直、母に対してそんな言葉を吐いたのは人生で初めてだった。言われた母も、そしてそれをそばで聞いていた美桜も驚いていた。

「元ちゃん、どうしたの？　何があったの？」

いつもと違う僕の反応に呆然とする母と、心配をして声をかけてくる美桜。

制止しようとする美桜の手を振り切り、「桜」の入り口の引き戸を蹴飛ばして、僕は店を出た。

そして幽霊は突然に

着物を着た謎のおじさん

「桜」を出て、特にここといって行く当てもない僕は、しかたなく商店街を中津駅の方向に向かって歩いた。駅に近づくにつれ、いままで感じたことがないような罪悪感が僕を襲ってきた。

母が僕に小言を言うのはいまに始まったことではない。そしてその原因は自分にあることもよくわかっている。しかしそれまでは、どんなことを言われようが、母に対して特に口に出して反抗することはなかった。それは僕自身の自己重要感がそもそも低かったこと、それに加えて「元のために」と母が一人でがんばってくれていることを子どもながらに感じていたからだと思う。

〝オカン、傷ついたかな。美桜も驚いてたな。店のドア壊れてないかな〟

そんなことを考えながら気がつくと、僕は中津駅の構内にある待合室のベンチに座っていた。

どれくらい時間が経ったのだろう。座ったまま顔に両手を置き、目を閉じていろんなことを考えるうちに、僕はいつの間にか居眠りをしていた。

目を覚ますと、驚くことが起きた。僕の隣に着物を着たおじさんが座っていたのだ。いくつも席があるのに、わざわざ隣にである。

「やっと起きたか」

ただでさえ隣に人がいることに驚いていたのに、さらにその人から声をかけられたことに僕は鳥肌が立った。

「あ、あの、どちら様ですか？」

僕はそう聞き返したが、おじさんは何も答えない。気持ち悪くなって僕は別の席に移動した。するとその人はまた隣に座る。何度か移動を繰り返した後、おじさんは今度は正面に座って僕の顔をじっと見てしみじみと言った。

「うん、ダメだな。そもそも顔に覇気がない。これは根本から生き方を変えないと」

さすがに、出会ったばかりのまったく見知らぬ人から面と向かっていきなりそう言われると、今度はだんだん腹が立ってきた。

「あの、すみませんがどちら様ですか？　なんで出会ったばかりのあなたにそんなこと言われないといけないんでしょうか?」

「私は初めてじゃない。君のことはずっと見てきた」

「何をわけのわからないことを言ってるんですか、そもそもおじさん誰ですか?」

そう聞くと、おじさんは駅にどーんと貼ってあるポスターを指差した。

そのポスターに載っていたのは中津が生んだ歴史的英雄である福澤諭吉だった。

そう言われれば顔は確かに似ている。いや、ほくろの位置から格好から何から何までそっくりと言ってもいいかもしれない。何かのモノマネ芸人なんだろうか? にしてはレベル高いな。福澤諭吉にめちゃくちゃ似てるんだけど。


おじさんの顔を見ながらそう感心している自分に僕はハッとした。

そんなこと考えてる場合じゃない。逃げなきゃ。直感的にそう感じたので僕は足早に待合室を出て、ふたたび日の出町商店街に戻った。8分後、結局僕は「桜」の前に立っていた。はんごうが悪いな(「気まずい」の中津弁)。とりあえず中に入って、様子を見て謝ろうかな。そう考えながら深呼吸をして店の引き戸を開けた。よかった。どうやら扉は壊れていなかった。

「元ちゃんおかえり。遅かったね。大丈夫だった?」

美桜が心配そうに声をかけてきた。母はいなかった。美桜いわく、数分前に買い出しに出たばかりらしい。

カウンターに座り、美桜から出されたおしぼりで僕は顔を拭いた。

ああ気持ちいい。顔だけ温泉に入ってるみたいだ。ずっとこうしていたい。

30秒ほどだろうか、そんなことを考えながら、少し温度の下がったおしぼりをカウンターに置いた。

「うわあああ！」

目を開けると、僕は思わず声が出た。なんとさっきのおじさんが僕の隣の椅子に座っていたのだ。

「ちょ、ちょっとなんでここにいるんですか？　あなた誰ですか？」

僕にしか見えない？

「元ちゃん、どうしたの？　誰かいるの？」

僕の声に驚いた美桜が声をかけてきた。

「だ、誰ってこのおじさんだよ」

「どこのおじさん？」

「だからこの人だって！」

「元ちゃん、ちょっと大丈夫？　誰もいないよ」

美桜が心の底から心配した顔で僕を見た。

「無駄だ。君以外の人に私は見えない」

おじさんは着物の袖の中で腕を組んだまま言った。言葉を失った僕に美桜がおそるおそる聞いてきた。

「元ちゃん、誰と話してるの？　疲れてるんだよ。ね、病院行こ。なつみママに連絡しようか？」

おかしい。確かにおじさんは隣にいる。しかも持っている水筒からお茶を注いで店内の桜を眺めながら幸せそうにくつろいでいる。

これ以上、美桜に心配をかけるのは嫌だし、母が帰ってきても気まずくていまはなんと声をかけていいのかわからない。そんなときに幻覚を見るなんて、美桜の言うとおりちょっと疲れてるのかもしれない。

そうだ、寝よう。しかたなく僕は家に帰り、そのまま布団に入って、気を紛らわすために電子書籍のマンガをひたすら読んだ。気がつくとそのまま眠り込み、ふと目が覚めるともう朝になっていた。

翌4月3日。

その日もおじさんは朝から僕のところに現れ、いろんなことを話しかけてくる。しかもその内容には僕自身しか知らない昔話もかなり混じっている。

あまりにも気持ちが悪いので、ついてこないようにと声をかけると、周りの人が「あの子は誰と話しているんだろう?」と怪訝そうな顔をして通り過ぎる。その反応を見ると、どうやらおじさんの言うとおり、僕にしかその姿が見えていないらしい。

〝間違いない。幽霊に取り憑かれた〟

気が変になりそうだったので、上司にメールで「体調不良」の旨を送り、有給消化という名目で1週間会社を休むことにした。そしてその足で、僕は藁にもすがる思いである場所に向かった。

お祓いに行こう

兼業霊能者

「あら、元。久しぶりじゃない。元気だった？　なつみちゃんは元気？」

「まったく元気じゃない。オカンは驚くくらい元気だけど」

「そうなの。ところで隣の方はどなた？」

「民謡のおばちゃん、やっぱり見えるんだね。俺、ほんとに困ってて助けてほしいんだ」


僕が向かった先は、幼い頃、母に連れられて通っていた民謡教室だった。

母はバブル世代のくせに変わった趣味があった。それは民謡を歌うこと。幼い頃から近所にあるその民謡教室に通っていたらしく、腕前は免許皆伝クラスらしい。

母の師匠であるその民謡の先生は、僕からするとおばあちゃんくらいの年齢だったが、僕は「民謡のおばちゃん」と呼んでいた。その民謡のおばちゃん（以下おばちゃん）は驚くことに、見えないものが見えるという不思議な力があるらしく、民謡を教えるかたわら、困った人に無料で相談に乗っていた。やがてそれが「あの人は当たる」と評判になった、ちまたで有名な霊能者だったのだ。

正直、周りの言うその評判を心から信じていたわけではない。しかしそのときの僕には、そんなことを言っていられる余裕はなかった。とにかくいち早くこの幽霊を追い払ってもらう、そのことで頭がいっぱいだった。

僕はおばちゃんに昨日と今日のできごとを話した。ひとしきり話を聞いた後、おばちゃんは何も言わず僕を奥の部屋に通してくれた。

霊視

向き合って座り、霊視が始まった。

おじさんはなぜかおばちゃんの隣に座り、何やらおばちゃんに耳元でこそこそっと何かを話している。目を閉じて5分くらいうなずきながらおじさんの話を聞いた後、おばちゃんは静かに口を開いた。

「元…」

「はい」

「私にはこの方をお祓いなんかできない」

「えー、まじで？　民謡のおばちゃんお願い。なんとかしてこの変なおじさんを追い払ってよ。俺、ほんとに頭がおかしくなりそうだ」

「このバカもの！　この方をどなたと心得る」

水戸黄門の助さん、格さんさながらにおばちゃんは大きな声をあげ、涙を流し始めた。

「元が失礼なことを言って申しわけありません。どうぞこの子をよろしくお願いいたします」

そう言って深々と頭を下げると、おじさんは深くうなずいた。自分の目の前で起きていることが、もう何が何やらわけがわからなくなった僕に、おばちゃんは平静を取り戻して言った。

「元、この方はあんたの特別守護霊さんだよ」

「み、民謡のおばちゃん、そりゃどういうこと？」

「福澤諭吉先生だよ」

「…？」

おばちゃんの霊視によると、どうやらそのおじさんはモノマネ芸人などではなく、本物の福澤諭吉さんらしい。いきなりそう言われてもにわかに信じることができず動揺しまくっていた僕に向けて、その諭吉さんは口を開いた。

「私は正直この手の霊能者など信じない。しかし世の中には本物もいるんだな。しかもそれが私の故郷中津にいることが嬉しい。いや、まったく感心した」

「諭吉先生、恐れ入ります」

おばちゃんはそう言いながらお礼を言った。おじさん、もとい諭吉さんは僕のほうを見て言った。

「あきらめなさい。私は役割を果たしたら君の前から消える」

「役割…ですか?」

「そう。私は君に希望を渡しに来たのだ」

「希望…」

「だから怖がる必要などない」

「いえ、そう簡単に言われても怖いです。わけがわかりません」

青天の霹靂という言葉がある。ファンタジー小説やそれ系の映画などで、主人公が幽霊に取り憑かれる物語は何度か見てきたが、まさか自分にそんなことが起きるとは。

まったく納得はいかなかったが、「ちゃんと言うことを聞くように」とおばちゃんから懇々と諭され、姿が見えなくなるまで見送られながら、諭吉さんと僕は民謡教室をあとにした。

こうして僕の人生を根底から変えることになる、諭吉さんと僕の珍道中が始まった。

第2章 学問のすすめ

天は人の上に人をつくらず、人の下に人をつくらず

私はお酒が大好きです

民謡教室帰りの居酒屋「桜」。諭吉さんと僕は二人でカウンターの一番端っこの席にいた。とはいえど、母と美桜、他のお客さんにはその姿は見えていないので、周りから見ると、僕が一人でお酒を飲んでいるという形になる。いくら息子とはいえ、一人で席をふたつ確保するのは絵的におかしいので、しかたなく、僕は自分の席の隣に予約札を置いた。

「美桜、生ちょうだい」

「では私も生にしよう。実は私はビールが大好きなのだ」

「あの、あなた幽霊ですよね」

「私は匂いだけで飲めるのだ。死んでるから」

「じゃあ僕のだけでよくないですか？　ただビールだけをテーブルに置いてるのって絵的にすごく変なんですけど」

「それでは君と間接接吻になってしまうだろう。それは嫌だ」

間接接吻って…。

「そもそも死んだ人間にそんなつれないこと言うなよ。な、一杯だけでいいから」

〝ちゃんと言うことを聞くように〟

民謡のおばちゃんのその言葉が頭をよぎった。ということでしかたなく、不自然は承知で諭吉さんの席の前にもお酒と料理を置くことにした。当然だが母も美桜も首を傾げていた。

「元ちゃん、待ち合わせだったら、そのお客さんが来てからでいいんじゃない？　なんか死んだ人にお供えしてるみたいだよ」

美桜はもともと驚くほど勘がいい。鋭くそう突っ込んできたが、そこはなんとかうまくごまかした。

諭吉さんと話す上で、もうひとつ対策しなければいけないことがあった。それは話し方について。

僕には諭吉さんが見えているが、他の人には見えない。ということは周りから見ると、僕が独り言を言っている怪しい人に見えてしまう。考えた結果、諭吉さんがいいアイデアを思いつきこう言った。

「それって君が携帯で話しているようにすればいいんじゃないか？　ずっと耳に当てていると疲れるからイヤホンはどうだろうか」

「あ、なるほど。それいいですね」

確かにそれなら怪しまれないかもしれない。ということで、その場所に合わせて、イヤホンを使うスタイルと、携帯を直接耳に当てるオーソドックスなスタイルを使い分けることにした。ただ食べたり飲んだりしているときは、両手を使えたほうが楽なので、あえてイヤホンを使うことにした。

「ところで諭吉さん、なんで現代の携帯の使い方を知ってるんですか？」

「私はなんでも知っている」

長くなりそうなので、突っ込んで聞くのはとりあえずやめておいた。

「美桜ちゃん、あの子はいったい誰と話してるんだい？」

母のその質問に対して、不思議そうに美桜も首を傾げていた。そのやりとりは、僕にも聞こえてきたが、あえて聞こえないふりをして自然に振る舞った。

大分人なら麦焼酎

「ところで君は私の本を読んだことはあるかい？」

どうしよう。とりあえず読んだことにしようかな。

「はい、一回は」

「嘘つけ。読んだことがないだろう。私は知っているんだぞ」

「それなら聞かないでくださいよ。ずっと見てたんですか？」

「嘘だ。かまをかけてみた。そこまで君のことばかり見てはいない」

この人の言っていることはどこまでが本当なのだろう？　めんどくさそうだから、ここからはなるべく正直に本当のことを言うようにしよう、僕はそう思った。

「では『学問のすすめ』という本は知ってるかい？」

諭吉さんは続けて僕にこう聞いた。

「もちろんですよ。これでもいちおう僕は中津人ですから。『天は人の上に人をつくらず、人の下に人をつくらず』。どんな人でも平等という本ですよね」

それくらいはいくらなんでも知っている。得意げに答えた僕に諭吉さんは不満そうに言った。

「はい、不正解。というか読みが浅い」

イラッとした。

「…どう浅いんでしょうか?」

「私があの本で一番伝えたいことはそこではない。しかし後の世では、この言葉ばかりが注目されてしまった。まったく不本意だ」

「平等って悪いことですか? 僕、救われるんですけど」

「ふー、やっぱり君もそこだけを覚えているのか。しかたない。一番初めから伝えよう。ということで次は焼酎。麦」

「あの、一杯だけって言ってませんでしたっけ?」

「大切なことを教えてもらうんだから、酒くらい振る舞うのが当然じゃないか?」

「教えてもらうって…、僕、頼んでませんけど」

「書いた本人からその話を直接聞けることなんて、そうそうないぞ?」

まあそう言われればそうかも。ところどころ理不尽な部分があることは否めないものの、この人の言葉には、言われた側に有無を言わせない不思議な力がある。

「やっぱり中津だからここは麦だろう。あ、私は健康に気をつけているからお湯割りで頼む」

諭吉さんの言うように、中津を含めた大分県全域は麦焼酎が有名なエリアだ。「いいちこ」「兼八」「二階堂」という大ブランドは中津の隣の宇佐、そして山を越えた日出町《ひじ》という場所で生まれた。ということで中津の人にとっても、焼酎といえばまずは麦なのだ。

話を聞くと、諭吉さんは子どもの頃から大の酒好きだったらしく、幼少期、母親の手伝いのご褒美がお酒だったそうだ。諭吉さんもすごいが飲ませるお母さんもすごい。

しかし、僕はここでまた大切なことに気がついた。諭吉さんは匂いで飲んでいるので、実際に泡こそは消えているが、生ビールがそのまま残っている。それを飲まずに次を頼めない。ということで、僕は諭吉さんの生ビールを一気飲みしてから、美桜に麦焼酎のお湯割りを頼んだ。

人は本当に平等なのか？

「天は人の上に〜」のネタ元

「うん、うまい。やっぱり焼酎は麦だな。特にお湯割りは匂いが最高だ」

諭吉さんは麦焼酎（の湯気）を飲みながら、だんだんご機嫌になっていった。

「ところで、なんの話をしていたかな？」

「『学問のすすめ』の平等についてです」

「そうだそうだ。麦焼酎がうますぎて忘れるところだった」

それまで子どものように無邪気にお酒を飲んでいた諭吉さんは、突然先生モードの顔になって話し始めた。いま振り返ると、この瞬間が僕にとっての諭吉さんの授業の始まりだった。

「『天は人の上に人をつくらず、人の下に人をつくらず』という言葉がある。これはこの本の冒頭に書いた言葉だ」

「あ、冒頭に書いたんですね」

「そう。実は、ネタバレになってしまうが、これはアメリカの独立宣言の一節なのだよ」

「え、諭吉さんの言葉じゃないんですか？」

「表現は私が日本式にアレンジしたものだが、『学問のすすめ』自体は、けっこう海外の本の引用を使った」

なるほど、そうなのか。いきなりだけどすごいことを聞いた気がした。

「そもそも『学問のすすめ』という本は、当時の日本人に向けて西洋の最先端の考え方を伝えるために書いたものだ。だからあえて意識的に欧米のいろんな言葉を引用した。その内容をなるべく多くの人が理解できるよう、可能なかぎり難しい言葉を使わず簡単なひらがなを多く使った」

『学問のすすめ』が簡単って、本当にそうなのか？

僕は諭吉さんの言うことに対してそう疑問に思った。なぜなら実は以前、「桜」のお客さんから「中津の人間なら『学問のすすめ』くらいは読んでおけ」と、現代語訳本をもらって読もうとしたことがある。しかし、その現代語訳ですら当時の僕にとっては言葉が難しく、本を開いてすぐに挫折してしまった経験があったからだ。

「私はもともと『西洋事情』という本が一番初めに世の中に向けて本格的に書いた本でね、それは私の海外の渡航記録を紹介したものだ」

「海外の記録って、諭吉さんが初めてアメリカに行ったときですか？　たしか、かんなんとか丸…、えっと」

「おお、よく知っているな。そう、咸臨丸《かんりんまる》。船長は勝さんという男だったのだが、とにかく船に弱くてな。アメリカに着くまでずっと吐いていて、なんとも頼りない船長だった」

「あの、その勝さんってひょっとして」

「お、勝さんを知っているのか？　勝海舟」

まじか。坂本龍馬のマンガに出てくるあの勝海舟。まさかその人のことを直に聞けるとは。僕は密かに興奮していた。


「まあそれはいいとして、『天は〜』の話な」

「そうでした」

「君は本当に人は平等だと思うかい？」

そう聞かれると、答えにつまった。世の中にはお金持ちもいれば、僕のように貧乏でお金に困っている人間もいる。平等だとは言っても実際には不公平じゃないか。常にそう思ってきたことを諭吉さんに正直に言った。

「君がそう感じるのはもっともなことだ。そもそも人間は、生まれた時点ではみんな平等だ。そこに優劣はない」

「確かに。生まれたときはそうですね」

「しかし、社会を見渡してみると、人生がうまくいく人とうまくいかない人がいる。優れた人もいればできの悪い人もいる。裕福な人もいれば貧しい人もいる。強い人もいれば弱い人もいる。君はこうした差はなんで生まれると思う?」

そう言われればなんでだろう? 不公平だと思ってはいたが、その理由までは考えたことがなかった。

『学問のすすめ』における平等の意味とは?

結果の平等

「人は本来、自由で平等な存在だ。しかし、この平等という言葉に対して君が誤解しないように、もうちょっと深めて伝えよう」

諭吉さんは少し顔が赤らんでいたが、それまで以上に真剣な顔をして話し始めた。僕も普段以上にお酒を飲んで頭が少しボーッとしていたが、大切な部分について聞き漏らさないために、水を飲みながら聞くことにした。

「平等にはふたつある。ひとつは『結果の平等』、そしてもうひとつは『権利の平等』」

「結果と権利…」

「私が君に伝えたいのは後者、つまり権利の平等のほうだ。決して結果の平等ではない」

「そのふたつって別物なんですか？　なんか似てる気もするんですけど」

「そう、実は別物なのだよ。紛らわしいが、ここをしっかりと理解しておくことは、とても大切なことだ。このふたつのどちらを軸に考えるかで、人の行動は大きく変わってくる」

結果の平等と権利の平等。この時点ではふたつの違いがまったくわからず、僕は頭がこんがらがっていた。

「まずは結果の平等から伝えよう。例えば君の周りには、先ほども言ったように、裕福な人と貧しい人、仕事がうまくいく人とうまくいかない人、力の強い人と弱い人、賢い人とそうでない人、さまざまな人生の形があるだろう」

「はい。僕はどちらかというとほぼ後者の側です」

「高価な服をまとって好きな仕事をし、美味しいものを食べ、いい家に住んでいる人がいるかと思えば、いつも同じ服を着て、仕事でも望まない単純作業を強いられ、食べるものも住む場所もまったく満足いかず、ただ生きることに精一杯な人もいる」

「はい、いますね。その格差を理不尽に感じるほどに」

「これは一見するとまったく平等とは言えない。人の権利や自由はいったいどこに行ったんだと聞きたくなるかもしれない」

確かに。僕も平等を語る人に対して、何度そう聞きたいと思ったことか。

「しかしこれはしかたのないことだ」

「そ、そうなんですか？　それだと夢も希望もないじゃないですか」

「そう言わずにまあ聞きなさい。この不平等を防ぐためには、稼いだ人が、稼いでない人にほとんどの富を分け与えることでしか解決しない。そうなるとその人のそれまでのがんばりは報われない。これもまた平等とは言えない」

「結果で差がつくのはしかたないということでしょうか？」

「そう。特に日本のような資本主義の国ではな。結果の平等とは、目に見える結果に対して、その不平等をいけないとすることだ。しかしあくまでこれはその人の才能や努力によって大きく差がついてしまうものだからどうしようもない。そこをダメだと言い切ってしまうと誰もがんばらなくなってしまう」

「では諭吉さんは、その人の働きの結果に応じて適正な報酬を得るということに関しては、賛成なのですか？」

諭吉さんは静かに、そして大きくうなずいて言った。

「結果に対しては、平等というより、公平という表現のほうが適切かもしれないな」

平等と公平。どう違うんだろう？　僕はさらに頭の中がごちゃごちゃしてきた。

権利の平等

諭吉さんは続けた。

「結果の平等に対して権利の平等。これは『学ぶ権利は誰にでもある』『幸せに生きる権利は誰にでもある』ということだ」

「それって当たり前のことのような気がしますが」

「君の感覚ではそうかもしれない。しかし残念ながら私が生まれた江戸時代まではこの権利が平等ではなかった。明治をはるかに越え、令和になったいま、人間の権利はすべてとは言わないまでも、限りなく平等に近づいていると言える。いまの時代を生きる君からすれば当たり前のことすぎてピンとこないかもしれないがね」

「はい、そんなに不自由な目にあったことがないので、あらためて『権利』と言われても、正直あまりピンときません」

「目に見える結果はその人の働きによって変わるが、そもそものスタート地点では、学ぶ権利や存在意義はみんな同じ。つまりゴールは違っても、スタート地点はみな同じなのだよ。同じ条件でスタートできることは平等。結果はその人がどれくらいがんばったかで当然違ってくる。私が伝えている平等とは権利のことだ」

そう言われれば確かにそうなのかもしれない。いい成績を取るのはその人が努力したからだし、お金持ちになるのは、それだけその人が自分の仕事をがんばったからだ。平等という言葉はスタートで使うか、それともゴールで使うかでまったく意味合いが変わってくる。僕は諭吉さんが言っていることの意味がうっすらわかってきた。

「私が言う『権利』とは、他人に邪魔されることなく、誰もが自分の意志を尊重され、その存在を守られ、幸福に生きていくことができるということだ。もちろん『他人に迷惑をかけない範囲の中で』というのは大前提だが、自分が自分の権利を大切にすることは誰もが平等に持っていいものだし、またそうであるべきだ」

「あの、質問していいですか？」

「質問、大いに結構だよ。どうした？」

「あの、僕お金持ちになりたいんです。それが小さい頃からの夢だったんですが、どうしたらいいですか？　お金持ちになるのも権利のひとつに入るんでしょうか？」

お酒というものは不思議だ。ふだんは恥ずかしくて聞けないようなことも、平気で聞けてしまう。

「もちろんだ。それを望み、その方向に向けて正しく努力すれば、君だってお金持ちになれる。ではここからはお金を生み出す具体的な方法についても触れてみようか」

どうすればお金持ちになれるのか？　そこは一番興味がある部分だったので、僕はいい意味で少し酔いが覚めた。

人生は学んだか学んでいないかで大きく変わる

お金持ちになる人の条件

「世の中には難しい仕事もあれば簡単な仕事もある。当然、難しい仕事をする人の価値は高くなり、簡単な仕事をする人の価値は低くなる。これは、昔も今も変わらない」

「簡単と言うと、例えば単純作業のような仕事という意味ですか？」

「そうとも言える。たいていの場合において、頭を使う仕事は難しく、肉体労働は簡単だ。だから、医者や学者、国の役人、大きな商売をし、たくさんの労働者を動かす大経営者などは、地位が高く上流の人と言われる」

頭を使う仕事。そう言われればそうなのかもしれない。

「つまり君が人生を豊かなものにするためには、頭を使って仕事をする側にまわらなければいけないということになる」

「あまり得意じゃないですが」

「しかしそうしなければ、君はいつまで経ってもお金持ちにはなれないぞ」

僕は静かに谷底に突き落とされた気がした。

「成功者と呼ばれる人たちのまぶしいくらいの生き方は、単純な仕事に就いている人からすれば、手の届かないものに見えるかもしれない」

「はい、うらやましいですが、いまのところまったく手が届く気がしません」

「いまの時点ではそう思うかもしれない。しかしやり方次第で必ず君もそうなれる」

谷底にいる自分にふたたび希望の光が差した。

「お金持ちになれる人の条件、もっと突き詰めて言えば、世の中でうまくいく人とうまくいかない人の差が生まれる理由はたったひとつ。それは、『その人が学んでいるか、学んでいないか』、ただこの一点だけだ。貧富は天が決めたことではないし、生まれ持った運命で決まるものでもない」

「学んでいるか、学んでいないか…」

「そう。大きく分けると人間には『学ぶ者』と『学ばない者』の2種類しかいない」

そのときの僕は、完全に後者の「学ばない者」だった。

「学ぶ者は物事をよく知る。だから結果として地位の高い金持ちになる。学ばない者は貧しい人になり、地位の低い人になる。とても単純なことだ。そしてそれはいつからでも、いまどんな立場にいても、その人のこれから次第で大きく実現可能なものとなる」

学問とは学校の勉強のことばかりではない

「あの、それって僕でも、そしていまからでも可能なんでしょうか?」

「なれる。もちろんそれはここからの君の努力次第ではあるが」

「学問をまったくやってきていないんですけど」

「だったらいまから始めればいい」

「学問をですか？」

「いや、『学び』をだ」

学問と学び。それって違うのか？　あれこれ考えている僕に諭吉さんは言った。

「私が言う『学問』とは、学校の学びのことだけではない」

「そうなんですか？『学問のすすめ』って、つまり『勉強をしていい点を取れ』という内容なんじゃないんですか？」

「そうではない。**『社会で有意義に生きていく上での学び』**のすすめだ」

「でも、ほとんどの人が『学問のすすめ』に対して、そういうイメージを持っている気がします」

「そうなのか？」

「はい、たぶん」

諭吉さんは少しため息をついて、ちょっと考えてから言った。

「いまから題名を変えたほうがいいかな？　例えば『学びのすすめ』とか」

「これだけ有名になってしまっているので、もう遅いような気がしますが」

「そうか。残念だ。しかし君には伝えておこう。学び続ける人間は成功する。学ぶことをやめた人間は人生が下り坂になる。それだけは言える」

「ここからでも間に合いますか？」

「もちろんだ。どんな年齢になろうとも『学ぶ』と決めた人間の人生はそこから上がり始める」

「そう言ってもらえると勇気が出ます」

「そもそも君はまだ若い。可能性だらけだ。しかも私たちが生きていた明治より、現代の世の中のほうが成功するのはよっぽど簡単だ。身分制度のない現代においては、貧富の差は生まれながらに与えられたものではなく、その人のがんばりに応じて与えられるようにできているのだから」

メモを取る人はうまくいく

いつの間にか僕は諭吉さんの話に引き込まれていた。

「学ぶ者は価値が高くなり、学ばない者は価値が低くなる。これを覚えておきなさい」

「はい」

「あ、あと学ぶ上でとても役に立つ習慣があるのだが、それも伝えておこうか」

「ぜひお願いします」

のちのち身に染みて感じることだが、僕はこの習慣のおかげでどれだけ得をしただろう。このとき教えてもらった習慣はすべての人にすすめたい。


「できれば学んだことを記録する習慣を身につけたほうがいい」


「記録ってメモを取るということですか？」

「いま風におしゃれに言うとそうだな。ただ話を聞くだけでは人は忘れるが、書いておくと記憶に残るし、たとえ忘れたとしてもそれを見れば思い出せる」

「それって手書きのほうがいいでしょうか？」

「私の知り合いの研究によると、そのほうが記憶に残りやすいらしい。しかし、手帳がなければ携帯のメモ機能に記録をしたらいいんじゃないか」

諭吉さんはやたらと携帯に詳しい。なぜこの人はここまで現代の事情を知っているのだろう？　僕がその理由を知るのはもう少し後のことになる。

第3章

中津からあげ

からあげのすすめ

からあげに大感動する諭吉さん

「はい、元ちゃん。からあげお待たせ。これは一皿でいい？」

「うん、サンキュー」

僕は美桜が持ってきたからあげを諭吉さんの取り皿に分けた。

「諭吉さん、からあげ食べられますか？」

「私は湯気の匂いで食べることができる。死んでるから」

そう言って諭吉さんはからあげを食べた。湯気を吸い込みながら食べる諭吉さんと僕の間にしばし沈黙の時間が流れた。


「中西くん…」

「はい。いかがでしょうか」

ふたたびしばしの沈黙の後、諭吉さんは満面の笑みで言った。

「めちゃくちゃうまいじゃないか！」

「え、そうですか？」

「こんなにうまいからあげを食べたのは初めてだ！　感動した！　うますぎて死にそうだ」

あの、もう死んでますけど。そう突っ込みたくなったが、やめておいた。

「あの、諭吉さん、からあげを食べたことあるんですか？　中津のからあげ、確か明治時代はまだなかったと思うんですけど」

からあげの湯気を思いっきり吸い込みながら、諭吉さんは不思議なことを言った。

「向こうの世界で私が所属している会の『ふるさと巡りツアー』で中津のからあげ屋を何軒も回ったことがある」

「ふるさと巡りツアー？　なんの会ですか？」

「ちょっといまは黙っててくれるか。この味を堪能しているから。あ、それと冷めたから、麦のお湯割りのおかわりも頼む」

しばしの間、諭吉さんは母のつくった「桜」のからあげを堪能していた。おかわりに際して冷めた焼酎を一気飲みしようかと思ったが、このペースで飲んでいては潰れてしまう。僕はカウンターに入って冷めた焼酎を洗い場に流し、新しいお湯割りをつくって諭吉さんに出した。

中津からあげの由来

僕の、そして諭吉さんのふるさとである中津市はからあげが全国的に有名だ。からあげ専門店の数がコンビニの数より多い「からあげの街」として何度もテレビに取り上げられている。

その中津からあげの由来を、少しだけかいつまんでまとめよう。

いまから約80年前の第二次世界大戦の終戦後。

食糧難に備え、当時の政府が「養鶏場の建設」の政策を打ち出したことにより、全国に養鶏場が増えた。中津はその政策をとりわけ熱心におしすすめた町のひとつだった。そのため、中津では鶏肉の消費量が飛躍的に伸びていった。

中津市耶馬渓地区では、鶏肉の保存方法として塩に漬けるまたは醤油に漬けるといった手法があった。それに旧満州からの引き揚げ者が中国での鶏の調理方法を再現したことにより、現在の味が確立され、からあげ専門店の数がどんどん増えていった。

いまでは、中津市内には40店舗を超えるからあげ専門店が軒を連ね、肉屋やスーパー、飲食店の併売を含めると、ゆうに100店舗は超える。その数の多さが有名になったことにより、遠方から中津からあげを買いに訪れる客も増えた。その来客数の増加にともない、各店舗のしのぎ合いが進み、一気にからあげ激戦区となっていったらしい。のちに僕自身、都会に出てわかったことだが、からあげ屋単体としての業態でそれだけの店舗数があっても成り立つエリアは中津市以外にない。

中津の人は、親族や友人の集まりのときに「推し」のからあげ屋に連絡をし、

「からあげ3キロ。30分後に取りに行きます」

「今日は人数が多いから5キロ頼もう」

とキロ単位で注文をするため、その様子を見たお客さんたちが「そんなに頼むんですか」と目を丸くすることがよくある。しかし僕をはじめとする中津人たちは、それがあまりにも当たり前のことすぎて、「なぜ驚かれるのかがよくわからない」とみな口をそろえて言う。

「桜」のからあげは、店をオープンさせる前、母が幼い頃から好きだったからあげ屋の店主が、歳を取って店を閉めることになったので、その味を受け継ぎ、それをベースにアレ

ンジを加えたことで生まれた味だった。

「桜」がオープンしたのが僕が中学生のときだったので、商品開発をしているときに何度も食べさせられて胸焼けしたことだけはよく覚えている。いずれにせよ「桜」はからあげ専門の店ではないが、お客さんのからあげの注文率はほぼ100パーセントに近い。

諭吉さん流、商売成功のコツ

「ところで君はからあげ屋はやらないのか？　この味は間違いなく全国で通用するぞ」

からあげ（の湯気）を食べながら、諭吉さんは僕にこう聞いてきた。

「からあげ屋ですか？　いまのところまったくそんな気はないです」

「もったいないな。私が生きていたらこのからあげで絶対に商売をする」

「そうなんですか？　そんなに美味しいですかね。確かに専門店じゃない割には、毎日持ち帰りの注文はたくさんきますし、僕もこの味は好きです。でも、それを自分のビジネスにするということは考えたこともないです」

「中西くん、覚えておきなさい。**商売成功のコツは、それまで世の中になかったものを新しく開発するより、いまあるものをベースにしながら、時代時代に合わせてアレンジしていくほうが早道**なのだ。現に厨房にいる君のお母さんも、そうやってこの美味しいからあげを生み出しているじゃないか」

からあげをほおばりながらの諭吉さんの何気ないこの一言は、その後、僕がビジネスをする上でのひとつの指針となった。しかし、この時点では、からあげ屋という選択肢は僕の中にまったくなかった。

からあげと麦焼酎のせいで諭吉さんはどんどん饒舌になっていった。

青年よ、実学を学べ

その学びは日常生活で役立つのか?

「あーうまかった。できることなら持ち帰りたい」

諭吉さんは満足そうに言った。

「ところでさっきの話だが、君はお金持ちになりたいのかい?」

「はい、もちろんです。いまのところそれが唯一の夢です」

「そうか、ではその一番の早道を教えよう。知りたいかい？」

「もちろんです！　お願いします！」

「では、からあげと麦焼酎、追加していいかな？」

そうだった。諭吉さんは湯気が食べ物だった。湯気が冷めて匂いが減ったらその味は届きにくくなってしまうということになる。

焼酎はまだ流せばどうにかなるとしても、母と美桜のいる前でからあげを捨てるのは、いくら身内とはいえどしのびない。もうやけくそだ。吐いてもいい。食べまくろう。僕はからあげを全部食べ、美桜に追加注文をした。

正直、僕としてはいつもの2倍近い量を飲んで食べての連続だったので、ちょっと間を置いてほしかったが、からあげもお湯割りも意外と早く出てきた。

幸せそうな顔でからあげをゆっくり堪能し、諭吉さんは話し始めた。

「お金持ちになる方法、それは実学を学ぶことだよ」

実学？　そんな科目あったっけ？　僕が無知なだけかもしれないが、ずっと知らないよりはマシだ。「こんなことも知らないのか？」とバカにされてもいいから聞いてみよう。

「諭吉さん、実学ってなんですか？　それって本とかで学べますか？」

「本だけでは無理だな」

「そうなんですか。ではどこに行ったら学べますかね？　僕、お金持ちになりたいので教えてください」

実学を学べ。その言葉を携帯にメモした。諭吉さんは続けた。

実学とは何か？

「君は文字の読み書きはちゃんと身についているかい？」

「文字を読むと眠くなります。書くのはさらに苦手です」

「手紙は上手に書けるかい？」

「送る相手がいません」

「人との会話は上手にできているかい？」

「口下手だとよく言われます」

「日常のお金の計算は正確かい？」

「気がつけば財布からお金が消えています」

「人として恥ずかしくない生き方を身につけているかい？」

「そう聞かれるとまったく自信がないです」

「…そうか」

「すみません」

「まあそれはそれでいい。学びにはいろんな種類がある。例えば、日本はもちろん世界に目を向けて、いろんな国の生活を知ることは立派な実学だ。過去を振り返って、人がどう生きてきたのかを知ることも大切。自分のお金は健全に使えているかという会計を学ぶことも大きく家庭生活に貢献する。日頃から人として正しい行いができるようにし、生きていくために人の感情に対する学びも、いい人間関係をつくってくれる」

「そう聞くと学ばないといけないことだらけですね」

「そんなに気負うことはない。**この中からいまの自分にとって、特に必要なものを優先的に選択していけばいい。それがどんな分野にせよ、いまの自分の人生において直接役立つこと、それを〝実学〟と言うんだよ**」


いまの自分に必要な実学、それはなんなのだろうか？　僕はメモの手を止めて考えてみた。

「諭吉さん、それって大きくまとめると、人生をよりよく生きるための知恵と考えてもいいんでしょうか？」

その質問をすると、諭吉さんが僕の顔をじっと見た。

「さっきから君から出る言葉をずっと聞いていて感じるのだが…」

あれ？　なんかおかしなことを言っただろうか？　僕は不安になった。

「根本的に、君は自分が思っているよりもずっと頭がいい」

「え？」

「ここまで君と話してきた中でずっと感じていたが、君は質問が常に本質的だ」

本質的。そもそもその言葉の意味がよくわからなかったが、諭吉さんの口調と表情から判断すると、とりあえず褒められているみたいだ。なんか嬉しい。

「まだ芽は出てはいないが、将来有望だぞ。いま君に足りていないのは自信と努力だけだ。君の本質をつかむ力はある種の才能と言える」

「ありがとうございます。嬉しいです」

そんなことは生まれてから一度も言われたことがなかったので、どうリアクションしていいのかわからなかった。しかし、この言葉も僕にとって大きな自信を生み出すきっかけとなってくれたことは間違いない。

「論語読みの論語知らず」になることなかれ

インテリ風な人に騙されるな

「逆に、世の中にはただ難しい言い回しや専門用語を使うことで自分を偉いと思っている人がいる。むやみに言葉だけをこね回したり、人が知らないことを知っている優越感に浸る。知識ばかりを詰め込むが、結果的には何の本質もつかむことができていない人のことだ」

いる。確かにそういう人はいる。ただ、僕はそういう人を見ていつもうらやましく思っていた。その語彙力に引け目を感じてきたのだと思う。

「どれだけその人が一見優秀そうに見えたとしても、果たして本当にその人の家庭がうまくいっているかどうかは疑問だし、例えば知識だけが多くて商売上手という人もほとんどいない。現にいまの時代でも、ただ学歴があるからといって、その人が実社会に出て、必ず大きく出世するとは限らない」

「確かにそう言われればそうかもしれません」

「もしそうであったなら、それはその人の学歴が、そもそも社会においてなんの役にも立っていないという証拠ではないか。であるなら、いま言ったような、**実用的でない学問はひとまず置いて、いますぐ生活の役に立つ実学に専念したほうが、よほど人生がうまくいくというものだ**」

その言葉はそれまで優秀そうに見える人に対してコンプレックスを持っていた僕に希望をくれた。

諭吉さんの言うとおり、確かにただ難しい言葉を覚えているだけでは、その人が本当に学んだとは言えない。あくまで言葉は学問の道具に過ぎない。学んだ後に、それを実生活で使いこなすことができるようになって、はじめて知識は知恵と呼べるものになるのだということは、頭のどこかで感じていた。

ただ、いまの僕がそんなことを言っても、周りから見れば単なる負け惜しみにしか映らないことはわかっているので、あえて口にしたことはなかったが。

自分に合った実学を探そう

諭吉さんは続けた。

「知識とは、例えば家を建てるための工具と同じようなものだ」

「工具ですか？」

「そう、例えば家を建てるには、ノコギリや金づちが必要だが、この使い方を知らないと家は建たない。単にその工具の名前を覚えるだけでは大工とは呼べない。同じように、物知りでなんでも知っている人でも、その知識を使えなければ何の意味もなさない」

なるほど。そのたとえはわかりやすい。

「それなら多くの情報を持っていなくても、ひとつの実学を徹底的に極め、『自分はこの分野だけは人に負けない』という腕を持った人間のほうがよほど世の中の役に立つ」

「その分野はどう探せばいいのでしょうか？」

「またいい質問をしたね。だいぶ本質を理解してきたみたいだから、もうちょっと突っ込んで言おう。君にとっての実学、それは君がいまやっている仕事、日常生活において直接役に立つ学びのことだよ。だから実学は人によって変わる」

「僕はいま、営業の仕事をしています。ということは…」

「営業の仕事に必要なものと言えば、お客さんとの会話力、提案力、企画力、商談力、自分の魅せ方、そして何よりも相手に好かれる人間力といったところだろう。こうした実学を身につけることによって『どうせならあなたから買いたい』と言われる営業担当になれるし、結果的にお客さんから新しいお客さんを紹介される機会も増えていくことになる」

なるほど、それなら確かにすぐに役に立ちそうだ。僕は諭吉さんが言う、僕にとっての実学をメモし、それらをどう学ぼうか考えた。

学ぶ者と学ばない者との差はこうして生まれる

「私は生まれてからこれまでの約190年間、ずっと世の中を見てきたが、いつの世も、もっとも心配なことは、物事を深く見通し、本質を捉えて判断する力を持った人が少なすぎるということだ」

生まれてから190年。さらっとすごいことを聞いたが、よくよく計算してみると現在の2024年から190年を引くと、えっと、1834年（後で詳しく知ったが、正確には諭吉さんは1835年生まれ）！　すごい。僕、いま江戸時代生まれの人と話してるんだ。

冷静に考えると、僕はあらためて自分が夢でも見ているんじゃないかと不安になり、ほっぺたをギュッとつねってみた。痛い。やっぱりこれは現実みたいだ。

「どうした？　歯でも痛いのか？」

「いえ、大丈夫です。気にせずにお願いします」

「例えば経済学の本を読んでいるのに、気がつけばいつも財布の中からお金がなくなっていて、家計を営むことができない人がいる。口では道徳論を唱えているのに、自分自身にはまったく人を惹きつける人徳がない人がいる。そういう人の口から出る理論と、実際のその人の現状を比較してみると、まるで一人の中に二人の人間がいるようだ」

確かにそうかもしれない。物事の正しさを理解することと、その正しいことを実際に行うことはまったく別物といえる。

「そのありさまは、『医者の不養生』『論語読みの論語知らず』という言葉で表現されることが多い。現代の商売でたとえれば『経営コンサルタントの経営破綻』と表すこともできるだろう」

『経営コンサルタントの経営破綻』。これが僕には一番しっくりくるたとえだった。人の経営をサポートするプロが自分の会社を潰してしまうというのは筋の通らない話だ。実際に僕が担当していたコンサルティング会社が倒産してしまったという経験があったことが、皮肉にもなおさら僕の理解度を深めた。

「君が自分の考え方や行動を価値あるものにする分岐点は、いまの自分に必要な学びを適切に判断し、よりよい方向に導くことが実際にできるかどうかにかかっている」

ちょっと言葉が難しかったので頭で一生懸命理解しようとした。そこを見抜いたのだろうか、諭吉さんはもっとわかりやすく伝えてくれた。

「つまり、**君がお金持ちになりたかったり、仕事でうまくいきたいなら、自分の実学に集中し、そこで得た学びを実際に使いながら日常生活を送ってみればいい**、ということだ」

「はい、そうします！」

「この学びと実践の習慣を持っている者と持っていない者とでは、人生の結果において大きな差がつくことになるだろう」

こうして諭吉さんがいろんなたとえ話を交えてわかりやすく話してくれたおかげで、『学問のすすめ』で本来伝えたかった権利の平等、そして実学。この言葉の意味が雲が晴れるように理解できるようになっていった。

学び続ける者だけが勝てる理由

本当の実学は社会に出てから

「あー、もっと学生の頃に学んでおけばよかった」

心の中でそう呟いたつもりが、思わずため息と同時に声に出てしまった。

「ん？　どうした？」

「いいえ、学ぶことの大切さはよくわかったんですが、それに気づくのが遅すぎました。いまになって後悔しています」

僕が本音を言うと諭吉さんはにこっと笑って言った。

「いまからでも決して遅くはない。むしろ余計な考え方が入っていない分、努力次第では周りをごぼう抜きにできるかもしれない」

「そうなんですか？」

「ここも学校ではなかなか教えない大切なところだから話しておこう」

「ウサギとカメ」諭吉さんバージョン

「君は学生の頃、あまり学んでいないんだろ？」

「はい。残念ながら」

「だから、いい学校に行った人間に劣等感を持っている」

「おっしゃるとおりです」

「もちろん学生の頃に一生懸命学んだ者は、いまの時点では君よりはるか先に行っているかもしれない。ところで君はウサギとカメの話は知っているね」

「もちろんです。それくらいは」

「君は言わばこれまでは、歩きもしないカメだった」

「それ、最悪ですね」

「いままではな。しかし、社会に出てからの時間は長い。しかもひょっとすると君はカメではなく、ウサギの可能性を持っているかもしれない」

「どういうことでしょうか？」

「実は、学生より社会人のほうが実学を見つけやすいのだよ」

「そうなんですか？」

「学生の頃は、自分が将来どんな仕事に就くのかまだわからないよな。だからどんな道に進んでもうまくいくよう、いろんな知識を吸収しなければいけない」

確かに。高校でも大学でも、「何のためにこの授業を受けなければいけないんだろう?」と疑問に思わざるを得ないような科目はたくさんあった。とりあえず単位を取るために、レポート提出やテスト勉強はしたものの、それが自分の人生においてどう役に立つのかはまったくわからなかった。

当然、その内容については綺麗さっぱり全部忘れた。その講師の名前はもちろんのこと、その授業の名前自体を思い出すことすら、いまとなっては難しい。

学生より社会人のほうが有利な理由

「もちろん学ぶ習慣を身につけるという観点で見れば、それらの学びがすべて無駄だとは言えない。しかし、そこにかける時間や労力を考えると、決して人生においての効率がいいとは言い難い」

言われてみると確かにそうかもしれない。実際にそんなことは考えたこともなかったが。

「それに比べて社会人は有利だ。なぜならいま自分がやっている仕事や内容は、学生の頃

に比べてかなり的が絞られているから無駄が省ける。何を学べばいいのか、どうすれば自分の仕事力が高まるのかを予測するのは、たくさんの教科を学ばなければいけない学生に比べればはるかに簡単だ」

「なるほど。だからさっき諭吉さんは営業担当である僕に必要な実学を教えてくれたんですね」

「そういうことだ。そう考えたとき、魚屋だったら魚のことを誰よりも学べばいいし、野菜屋だったら、いま以上に野菜についての知識やその素材に合った活用方法を学び、お客さんにそれを伝えればいい。髪結いの仕事に就いたならば、他のどんな髪結いよりも、髪の特性や切り方について詳しくなれば周りに勝てる」

「あの、髪結いとは?」

「あ、失礼した。現代で言えば、理容師や美容師のことだ」

そうか、昔は髪結いと呼ばれていたのか。勉強になった。

「つまり『学校で学んだから自分はもう十分』と学びをやめるのは、途中で寝てしまうウサギと同じ。逆に『社会に出た、さあ本番だ。ここからもっと自分を高めるために、いまの仕事で直接役に立つことを学ぼう』と自分の専門分野について学ぶなら、カメ、いや、自分がやることが明確に見えている分、ひょっとしたら後でスタートして休むことなく走り続けるウサギにもなり得る」

僕は頭の中で、寝るウサギ、休まず歩き続けるカメ、そしてその二者をごぼう抜きにしていくウサギになった自分の姿を想像し、一人でにやけてしまった。

『学問のすすめ』の「学問」とは「学び」ということ

「つまり社会に出てからも学び続けられるかどうか、それがその後の人生を決める大きな分岐点となるのだ。だから私は学び続けることの大切さを『学問のすすめ』で伝えたかったのだよ」

「そうなんですね。僕はあの本は『ただ勉強していい成績を取れ』と言っている本なのかと思って敬遠していました」

「誤解のないように伝えておくが、もちろんその要素はある。学生は本来学ぶことが使命だ。その本分を忘れて『社会に出てから学べばいい』と言っているのではない」

いまからでもまだ間に合う。そう言われてちょっと調子に乗ってしまった僕を戒めるためだろう。諭吉さんの口調が強くなった。

「そもそも学生の頃から意思を持って将来のために学んでいる者は、出発地点が早い分、その先も学び続ければもっと先に行けるということになる。スタートは早いに越したことはない」

確かにそう言われればそうだ。現にいまの僕自身、社会で学びを忘れた人の背中はいくらかは見えたとしても、学生の頃に学び、社会でさらに学びながら走り続けている人の背中はいくら想像してもまったく見えてこない。

「機会があったら、また学校での学びについての話をしよう。とりあえずいまの時点で大きくまとめると、**学校での学びはあくまで社会に出るための準備をする期間、そして実際にその学びを使う本番を迎えるのは社会に出てからということだ。そしていつの世も、うまくいく人たちは、社会に出てからも学び続けている人たちの中にしか存在しない**」

仕事でうまくいく人は、必ず学びの習慣を持っている

「もっと」の追求

話を聞きながら、いろんな人たちの存在が頭をよぎった。

僕はその当時、営業の仕事をしていたのだが、ありがたいことに、そのクライアントは

もっぱら経営者や経営幹部などの高い立場にいるビジネスパーソンだった。ちなみに僕たちの会社ではそういう人たちのことを「エグゼクティブ」と呼んでいる。

もちろんそのエグゼクティブの中には、経営がうまくいっている人もいれば、いつも資金や人材のことで頭を悩ませている人もいた。そしてどちらかと言えば、その比率は後者のほうが圧倒的に多かった。

しかも経営がうまくいっているエグゼクティブの中には、学歴が中学までにもかかわらず大成功している人もいるかと思えば、一流大学を卒業したにもかかわらず、経営がまったくうまくいっていない人もいる。

この差はいったいどこから生まれるのだろう？　それは僕にとっての大きな疑問のひとつだった。

しかし、「うまくいく人は実学を学び続けている人」という諭吉さんの言葉で、うまくいく人には100パーセントと言っていいほどなんらかの学びの習慣を持っているという共通点に気がついた。

「どうすればもっと自分の会社がよくなるか」

「どうすればもっといい商品ができるか」

「どうすればもっといい人材が育つのか」

「どうすればもっとお客さんに喜んでもらえるのか」

あくまで僕の知る限りではあるが、**うまくいっているエグゼクティブの人たちは、常にこうした問いの答えを求めて、人の話を聞いたり、本を読んだりしている。もっと熱心な人は、セミナーや勉強会に足を運ぶフットワークの軽さを持っている。**そうやって常に学んでいる人たちであるということだけは、若造である僕にもわかった。

そのことを諭吉さんに伝えた。

「いいところに気がついたなあ。私はそういう人を一人でも多く増やしたくて本を書き、事業をし、慶應義塾をつくったのだ。そしていまもそう願い続けている」

なるほどそうなのか。

ところで諭吉さんについては本を書いたり学校をつくったりしたのは知っているけど、事業ってどんなことをしたのだろう？

その事業内容について知るのも、またもう少し後のことだった。

次の約束

「ふう、いい時間になったな」

気がつけば時間は21時半になっていた。あと30分で「桜」の閉店時間だ。以前は23時まで営業をしていた「桜」ではあったが、母もお客さんも歳を取るにつれ、店の引きが早くなったこと、2020年にコロナが起き、世の中の流れが変わったこと、そして美桜の仕事が翌朝早いことも重なり、その頃は営業時間を1時間短縮していた。


「眠くなったのでまとめよう」

「諭吉さん、幽霊って眠くなるんですか?」

「もちろんだ。腹も減るし眠くもなる。私は本来朝型人間なのだ」

「僕、朝苦手です」

僕は昔から病的に朝が弱い。母からは「あんたは生まれた頃から故障した体内時計を搭載して生まれてきた」とよく言われていたくらいだ。しかし仕事をしている以上、朝ちゃんと起きなければいけないことが慢性的な苦痛のひとつだった。「午前中の元ちゃんって年中時差ボケしてるよね」と美桜からもいつも言われていた。

しかしこれが一転して、夜になると目が冴《さ》える。しかも今日は、諭吉さんのおかげでこれまでの25年間、自分の奥深くに眠っていたアドレナリンの扉が開いたことでどんどん頭が活性化してきたところだったので、話がまとめに入って、少しがっかりした。

「なぜ学ばなければいけないのか、その意味はわかったかい？」

諭吉さんが聞いた。

「はい、もちろんです。けどもっと他にも学びの意味ってありますよね」

「もちろんだ。今日のは入り口の話だ。しかしもっとも大切な部分のひとつではあるがね」

冷静に考えると、今日の夕方まで逃げ回っていた自分がいまは信じられない。数時間があっという間に感じてしまうくらい、僕はすっかり諭吉さんの虜になっていた。同時に気になることを聞いてみた。

「あの、諭吉さん、質問していいですか？」

「いいよ」

「どれくらい僕のそばにいて教えてくれますか？」

「それは君次第だ。しかしそんなに長くは無理だ。私にもまだまだやることがあるから。ちょっとはやる気が出たかい？」

「はい、追い払おうとしてすみませんでした。僕、ちゃんと学びますので、いろいろ教えてください」

そう言うと諭吉さんはにっこり微笑んでうなずいた。

「じゃあ私は寝る。中津は久しぶりだから行きたいところがたくさんある。中西くん、君の仕事の休みはいつだい」

「今週は有給を取ったので全部休みです。それ以降も仕事は外回りの営業なのでいつでも時間はつくれます」

「有給？　たまたま有給を取っていたのか？」

「はい、偶然にも今日から1週間分取ってました」

「この新年度に？」

「あ、はい」

あなたに取り憑かれたからです。その言葉はあえて飲み込んだ。

「では明日、中津巡りをしようか」

「はい、喜んで！　お願いします」

「では、明日の午前11時に私の旧居の前で会おう。場所は知ってるよな？」

「もちろんです。小さい頃から福澤旧居で遊んでましたし、家から車で3分ですから」

「そうか。では今日、家に帰って私が伝えたことをもう一度振り返ってみるといい。復習は早ければ早いほど記憶に定着するからな」

「はい。がんばります。昨日、死ぬほど寝たので目がギンギンなんです」

「そうか、ではまた明日。おやすみ」

そう言って諭吉さんは僕の前から消えた。

思わぬ応援団

閉店後の居酒屋「桜」にて

「元ちゃんお疲れ様」

今日のことは夢だったのだろうか？　いや、確かに諭吉さんはいた。いろんなことを考えながらぼーっとしていた僕に美桜がお茶を出してくれた。ちなみに母は「ちょっと身体がきつい」と先に帰ったので、店の中は僕と美桜だけだった。

「あ、ごめん。美桜、明日早いよね。俺も片づけ手伝うわ」

洗い場に入り、今日のことをあらためて振り返っていた僕に美桜が話しかけてきた。

「元ちゃん、今日誰と話してたの？　えらい長電話だったね」

「誰って仕事先の人だよ」

僕は適当にごまかした。

「ねえ、元ちゃん。本当に電話してた？　話しながら途中で何回か携帯のバイブが鳴ってたよ」

「……」

どうしよう。本当のことを言ったら頭がおかしくなったと思われるかもしれない。でも美桜には言っておこうかな。

言う。言わない。ふたつの選択肢が頭の中で行ったり来たりしながら、僕はひたすらお皿とジョッキを洗い続けた。

「ねえ、ひょっとして幽霊と会話してたんじゃない？」

美桜の唐突なツッコミに僕は洗っていたジョッキを落とした。お皿じゃなくてよかった。

「な、なんでそう思った？」

「いや、実は民謡のおばちゃんから電話があったから。心配で元ちゃんの会話を何気なく聞いててそう思った」

「美桜、おばちゃんからどこまで聞いた？」

「いや、詳しいことは何も聞いてないんだけど、『元の様子を見といて』っておばちゃんが言ってた。でも会話を聞いてると、どんな人と話してるのかくらいなんとなくわかるよ。

ねえ、誰と話してたの？」

実は幼い頃、美桜も僕と一緒に民謡のおばちゃんのところに連れて行かれ、歌を習っていたことがある。だから民謡のおばちゃんのことはよく知っている。

おばちゃんのバカ。詳しくはなくても美桜に言ってるじゃん。誰にも言わないって言ったのに。

どう答えていいのかわからず、僕をじっと見つめる美桜から視線をそらして考えた。今後のことを考えると、美桜だけには言っておいたほうがいいかもしれない。

「美桜、片づけが終わったらちょっと話そうか」

そうとだけ伝えて、また僕たちは店の片づけを再開した。

ポジティブ美桜ちゃん

「美桜、あのさ。俺、今日、不自然だった？」

「うん。不自然と言えばめっちゃ不自然だったね。なつみママにはちゃんとフォローはしといたけど」

アーケードの電気も消え、静かになった日の出町商店街。この時間になると寂しさが増し、なおいっそう商店街の衰退を感じる。片づけを終え、シャッターを半分下ろして店の電気をほとんど消し、裸電球だけが灯ったカウンターに僕と美桜は座った。

僕は勇気を出して、昨日からの不思議な体験について正直に話した。さっきまで飲みながら諭吉さんが教えてくれたことを控えた携帯のメモ帳も美桜に見せた。美桜は特に疑う様子もなく、僕の話を聞いていた。


「元ちゃん…」

「うん?」

「すごいじゃない! それ、めっちゃチャンスだよ」

「そ、そうかな?」

美桜はまるでアイドルに会った女子中学生のようにキャッキャしながらそう言った。

「理由はわからないけどさ、それって元ちゃんが福澤諭吉さんに選ばれたってことだよね? いいなあ、諭吉さん。私にもいろいろ教えてくれないかな」

「美桜、あのさ、俺の言ってること疑わないの?」

「疑わないよ。そもそも民謡のおばちゃんから電話があるなんて普通じゃないし。それに元ちゃん要領は悪いけど、昔から嘘だけはつかないもん」

美桜の直感力

美桜は幼い頃から民謡のおばちゃんが一番可愛がっていた子だ。「あの子は私の後を託したくなるくらいの直感力を持っている。元、あの子の言うことだけはちゃんと聞きなさい」と何かあるたびにそう言っていた。そして実際にいろんなケースで僕は美桜のその直感力に助けられてきた。

今回のことに関しても、たとえ諭吉さんが見えないにしても、そんな力を持った美桜が何かを感じるくらいはわけが無い。

「俺、諭吉さんにいろんなこと教えてもらいたくなった。正直いま、めっちゃワクワクしてるんだ。美桜、俺、変かな？」

「そんなことないよ。いまの時代に福澤諭吉さんから直接学べる人なんていないよ。元ちゃん、小さい頃から言ってたけど、これで本当にお金持ちになるかもしれないね。いや、必ずそうなるよ。私、確信した。絶対に応援する」

美桜、ありがとう。そう口にしたかったが、なぜか照れて言えなかった。しかしこのときの美桜の応援の言葉が、新しく始まる僕の人生の後押しになってくれたことだけは間違いない。

幼い頃からの関係って大人になってからも変わらないんだな。また美桜のポジティブさに助けられた。

僕はそう思いながら無邪気に喜ぶ美桜に心の中で感謝していた。

「ねえ、諭吉さんが教えてくれたこと、私にも教えてね。絶対ね。約束」

こうして強力な味方をつけたことで、僕の学びの覚悟は完全に決まった。

第4章

諭吉さんの過ごした町、中津

諭吉さんの生まれ育った家にて

諭吉コルリ

4月4日午前11時。諭吉さんと僕は福澤旧居前にある「諭吉コルリ」という店でカレーを食べていた。もちろん頼んだのは2人分。店員さんに「待ち合わせがあるから」と頼み、諭吉さんが食べ、湯気がなくなった頃に「すみません、相手が来ませんでした」と僕が2人分食べるという戦略だ。

昨日の「桜」のときと同様、携帯にイヤホンを接続し、誰かと話すふりをしながら諭吉さんと会話した。我ながらその自然な様は、昨日よりだいぶ上達したように思える。

「カレーは美味しいかい?」

「はい、とても。この店は醤油屋さんが経営しているので、隠し味に味噌とだし醤油が入ってるらしいんですよ」

実はこのお店の経営者は、菊池さんという僕の友人の父親が経営していた。その菊池さんの一族は、僕が生まれ育った中津市新博多町商店街から垂直につながる諸町《もろまち》という職人町で300年以上の歴史を誇る「むろや醬油」という老舗の醬油屋を経営している家系だった。

当然諭吉さんが中津に住んでいた頃には、すでにそのむろや醬油は存在していたことになる。そのことを諭吉さんに伝えると、「そうか、いまはこの店をむろや醬油が経営しているのか。懐かしいな」。そう喜んでくれた。

2皿《ふた》カレーを完食。あまりにも満腹になったので、僕がちょっとゆっくりしていると、諭吉さんが話し始めた。

「ところでな」

「はい」

「実は日本に初めてカレーを紹介したのは私なのだ」

「はい???」

「私が初めて咸臨丸でアメリカに渡ったとき、英語の辞書を手に入れてな。その後『増訂華英通語』という和訳本をつくった。その訳の中でカレーを『コルリ』と伝えたのだ。それが日本でのカレーの始まりなのだ」

そうなのか。だからこのお店の名前は「諭吉コルリ」という名前なんだ。新発見。それにしても日本初ってすごいな。そんなことを思いながら店を出て、目の前にある福澤旧居へ。

人は身近なものほどありがたみを感じにくいという特性を持っている。もちろんそれは中津の人たちにとっても例外ではない。

現に福澤旧居には、市外や県外からたくさんの諭吉さんファンがやって来る。

正直、実際にこうして諭吉さんと会うまでは、僕にとって福澤旧居というものは当たり前のように「家の近くにある昔の偉い人の家」程度の認識だった。しかしよくよく考えれば、そこは中津に住む僕たちにとってのすごい財産だ。

諭吉さんはいっとき旧居を懐かしみ、僕にいろんな話をしてくれた。

豊前中津藩

諭吉さんの生い立ち

諭吉さんは天保5年（1835）、豊前《ぶぜん》中津藩の下級武士、福澤百助さんの次男として、大阪の中津藩蔵屋敷で生まれた。だから中津藩とはいえども、正確には諭吉さんは大阪生まれということになる。

とても学び好きだった父の百助さんは、長年恋焦がれ、その日やっと手に入れた『上諭条例』という本にちなんで、生まれた子どもにその一字を取って「諭吉」と名づけた。

しかしその翌年、百助さんは諭吉さんがわずか1歳のときに他界してしまう。

一家の大黒柱を失った母お順さんは、子どもたちを連れて郷里の大分県中津市に戻り、そこから母一人で5人の子ども（兄、姉3人、末っ子の諭吉さん）を育てた。

当時の中津藩は身分差別がとても激しいことで有名な藩だった。そんな環境の中、下級武士、その中でも最下級の家の子どもとして生まれた諭吉さんは、上級武士からたくさんの嫌がらせやいじめを受けることになる。

福澤旧居の居間に座り込みながら、当時を懐かしんでいた諭吉さんがこんな話をした。

「私が幼い頃の中津藩では、上級武士の子どもは上級武士、下級武士の子はどんなに優秀であろうが同じく下級武士にしかなれなかった。私のその境遇を哀れに思ったのか、父百助は、長男に家督を継がせ、次男である私をお寺の養子に出す予定だったらしい」

「なんでお坊さんだったんですか?」

「僧侶なら下級武士の子だろうが、魚屋の子だろうが、大僧正になれる。その世界だけは出世において、出身が関係なかったらしい」

昨日「桜」で話をしたときに、諭吉さんが「いまの時代は私たちの頃とは違って、努力次第でどんな地位でも手に入れることができる」と言っていた言葉の意味をそのとき理解した。

「本当にバカバカしい時代だった。こんな藩、いつか必ず飛び出してやる。子どもの頃から常にそう思っていた。私にとって身分制度は親の仇だ」

そう言って諭吉さんは涙ぐんでいた。よほど悔しかったのだろう。僕はその話を黙って聞いた。

望めば人は何にでもなれる

「権利が身分によって分けられることがないということを、実際に諭吉さんの口から聞くことができて、その頃に比べれば現代はずっと幸せだと思いました」

「そうだな、いまの時代は本当に幸せだ。昔は百姓の家に生まれたら一生百姓、上級武士の家に生まれたら、どんなに力量がなくても上級武士。つまり人生は生まれた時点で決まっていた。江戸時代は世の中全体が、そういった身分制度にがんじがらめで、それが当たり前のことだったのだよ」

「はい、本当にお気の毒ですし、それで実際に、どれだけのすばらしい才能が世に出ないままに終わってしまったかと考えると、とても残念なことですね」

「君は本当に本質的なことを言うなあ。話していて私も楽しいよ」

また諭吉さんがそう言ってくれた。嬉しい。

「昔はいくら志があっても、それを実現させることは限りなく難しかった。しかし、いまの時代は違う。身分制度がなくなり、誰もが平等を保障され、一歩を踏み出す覚悟さえあれば、誰でも道が開けるようになった」

「そうですね」

「経営者、起業家、学者、医者、役人、作家、弁護士…。望み、その道に向けてまっすぐ歩きさえすれば、どんなことでもできる」

そのとおりだ。身分制度に縛られていた時代を知らず、何不自由なく育ってきた僕は甘えていたと思う。それほど努力もせずに言いわけばかりし、いつも目標を簡単に捨ててきた。

「懐かしさに浸りすぎてちょっと時間を取らせてしまった。申しわけない」

「いえ、まったくそんなことは気になさらないでください」

「ありがとう。では私の思い出の地を回ろうか」

中津市学校

母校、南部小学校にて

「そういえば君は出身が新博多町だと言ったね」
「はい。いまは殿町《とのまち》に住んでいますけど」
「そうか。だったら南部小学校が母校ということになるな」
「はい」

福澤旧居を出た後、諭吉さんと僕は、そこから車で数分の場所にあるその南部小学校に行った。

僕が通った南部小学校の門は、不思議なつくりをしている。「生田門《しょうだもん》」といって、当時の中津藩の上級武士の家の門がそのまま小学校の入り口になっているのだ。なので南部小学校の生徒たちはみな、この門をくぐって学校を出入りする。

この生田門も僕たちにとっては当たり前にあったものなので、特に不思議に思うことはなかったが、よくよく考えるととても珍しいことだ。小学校の頃を懐かしく思いながら生田門を眺めている僕に、諭吉さんが言った。

「この生田門はもともとは中津市学校の跡なのだよ」

「中津市学校？」

「そう。1867年、江戸幕府が終わり、時代は明治になった。270年近くも続いた幕府がなくなり新政府ができるということは、それまでの常識から何から何までがすべてゼロになるようなものだ」

「僕の想像力ではイメージできません」

「この改革は『明治維新』と言われ、それまで常識だったことが過去のものとなり、法律から政治経済、教育の在り方まですべてが一新された。そしてそのさなかの**明治4年（1871）、慶應義塾である程度の成功を収めていた私が、当時の中津藩主に提案してつくったのがその中津市学校だ**」

「その存在は知りませんでした」

「その学校があった期間は短かったからな。そしてその中津市学校がつくられたのが、現在、この南部小学校が建っている場所だったのだ」

知らない。南部小学校に通っていた僕自身でもまったく知らない。南部小学校出身者も、ほとんどの人がそのことを知らないのではないかと思う。

ここからは僕が諭吉さんから聞いた話をまとめてお伝えしたいと思う。

諭吉さんが中津にもたらした教育

1871年、ここから時代が信じられないくらい激変するということを見抜いた諭吉さんが、当時中津藩の藩主だった奥平昌邁《おくだいらまさゆき》という人に、英語を学ぶ大切さを説いたことによって中津市学校が生まれた。その校舎として選ばれた場所は、現在南部小学校が建っている中津藩家老生田家の屋敷だった。

諭吉さんは地元中津の発展のため、この学校の建設に有形無形の資産を投じた。まず開校時には、慶應義塾から校長として小幡篤次郎《おばたとくじろう》、そして教師として慶應義塾のエリートたちを送る。

新時代の到来、そして「日本の第一級の講師たちから直接英語を学べる」という目新しさも手伝って生徒数は鰻登りに。開校からわずか数年足らずで生徒数は1000人近くまで膨れ上がったという。

しかし、1877年、西南戦争が勃発。この戦争で西郷隆盛について行った中津隊の中津城焼き討ち事件により、中津の町は大混乱に陥る。その中津城の目と鼻の先にあった中津市学校は生徒たちの安全確保のため、授業が限りなく制限された。同時に義務教育の始まりである学制発布による小学校の乱立にともない、結果的に1883年に閉校となった。

この話を聞く上で僕は気になったことがある。それは南部小学校とは中津市学校が発展してできたものなのか、ということだった。もしそうだとしたら僕は諭吉さんのつくった学校の生徒だったということになる。その疑問を諭吉さんに聞くと、こんな答えが返ってきた。

「残念ながらそれは違う。同じ場所に南部小学校が建ったとは言っても、中津市学校とは直接的なつながりはない。しかし君がそう思うのももっともだ。だって生田門をそのまま使っているからな」

その事実は、僕にとっては少し寂しく感じてしまったというのが正直なところだ。

ただこの中津市学校は、その後の諭吉さん自身の運命を大きく変えるきっかけとなる。

『学問のすすめ』はこうして生まれた

中津留別之書《りゅうべつのしょ》

「中津市学校ができる前年の1870年、私は東京へ年老いた母を連れて行くために中津に戻った」

「えっと1870年は…」

「明治3年だ。江戸時代が終わり、明治が始まったのが1868年。同じ年のうちに改元したから、慶応4年と明治元年がかぶる」

携帯で元号を調べようと思ったが、それより早く諭吉さんが教えてくれた。そうか。平成が31年の4月30日で終わり、5月1日から令和が始まった。そういう感じなのだと僕は勝手に解釈した。

「慶應義塾にあった東京の家に本格的に年老いた母を連れて行くにあたり、中津の家で『中津留別之書』という文章を書いた」

「中津、りゅうべつのしょ？」

「そう。この書は当時の中津の旧友たちに向け、『ここから来たる新時代をどう生きるか』ということについて私の考えを記した書だ」

「友達に向けて書いたということですか？」

「そう。そして翌年、中津市学校ができた。**そのときにこの『中津留別之書』を原案にして、市学校の生徒たちに向けて、学ぶことの重要性やその目的を伝えるために書いた小冊子、それが『学問のすすめ』なのだ**」

「ということはつまり、『学問のすすめ』は中津市学校がきっかけで生まれたということですか？」

「そういうことになる。『学問のすすめ』は東京の慶應義塾で書いたが、その原点は中津にあるということだ」

すごい。読んだことはなくても、おそらくその存在は誰もが知っているであろう『学問のすすめ』がこの町をきっかけに生まれたとは。

「すると、これを読んだ中津の人たちが、『この冊子は中津市学校の生徒だけに読ませるのはもったいない。より広く世間に広めたほうがいい。そのほうが社会の利益になる』と強くすすめてくれた。こういう経緯で慶應義塾で活版印刷したものを、日本全国に出版することになったというわけだ」

「それが全国で大ベストセラーになったんですね。諭吉さんはそうなると思ってましたか？」

「思うはずがない。あくまでもふるさとである中津市学校の生徒たちに向けて書いたものだ。しかしまさかそれが全国に配本されることになるなんて、私にとっても青天の霹靂だった。しかも最終的には17編も出すことになるなど、人生とは何が起こるかわからないものだな」

「17編？　それはつまり17冊ということですか？」

「そう」

「『学問のすすめ』って17冊もあるんですか？」

「いや、もともとは1編の小冊子だったのだが、結局は17編になってしまった。いまの時代で言えば連載のように、小分けに1編ずつ出る形だな。まあ私の場合は定期連載ではなく、気分が乗ったときに出すという不定期の形ではあったが」

「え、『学問のすすめ』って一冊の本だと思ってました」

「最終的には8年くらい経ってから一冊にまとめたが、最初は17編の小冊子だったのだよ」

「そうなんですね。初めて知りました」

諭吉さんの話を聞きながら、また「これは夢ではないだろうか？」という不安が襲ってきた。まさかその大ベストセラーを書き、一万円札の顔になっている人がこうして直接いろんなことを教えてくれるなんて。僕はあらためて自分が置かれている現実にわけがわからなくなっていた。

そんなことを考えながら、ぼーっと立ち尽くしている僕に諭吉さんは付け加えた。

「今回、私が君に教えているのはその『学問のすすめ』の内容を主軸にしている」

『学問のすすめ』はどれくらい売れたのか？

それまでの封建的な身分制度を否定し、学問の持つ大切さ、実用性を当時の民間人にわかるように平易な言葉で書いたこの『学問のすすめ』は、まさに新しい時代の幕開けにふさわしい内容で、読む人々に深い感動を与えた。

この本は新しい時代の始まり、文明開化の気風、その後明治5年の学制発布による学びに対する機運の高まりという追い風を受けて、爆発的に売れた。

当時、日本の人口は約3500万人。17編の累計で推定350万部売れたというから、当時の国民10人に1人が読んだという計算になる。

これを人口約1億2500万人の現在の日本にあてはめて単純計算すると『学問のすすめ』はシリーズだけで1250万部売れたということになる。

まだ全国に書店がいまのように多くなかった当時でそれだけ売れたのだから、その後150年の間に『学問のすすめ』の関連書籍を含めた売上部数は計算不可能な天文学的な数字になる。

ちなみにこの本以降、出版業界でこんな数字をたたき出した本はまだ現れていない。この部数は令和に至るまで、間違いなく歴代1位の本である。

中津神社にて

中津城

南部小学校の生田門を右手に見ながらまっすぐ進むこと約150メートル。僕は中津神社の鳥居をくぐった先に広がる「公園地」と呼ばれる広場に車を停めた。

鳥居の右斜め前には大河ドラマ『軍師官兵衛』で有名な黒田官兵衛とその息子の黒田長政が築城した中津城が建っている。

江戸時代の270年、中津は四家が順番に治めた。まず最初が黒田家、次が細川家、そして小笠原家と続き、最後が奥平家。諭吉さんはこの奥平家の時代の下級武士だった。

車を降りて、諭吉さんと僕は公園地の横にあるお堀跡に上がり、並んで座った。

「この景色、懐かしいな」

「はい、僕も懐かしいです」

諭吉さんと僕のこの「懐かしい」の意味は異なる。諭吉さんにとってそこは、殿様や上役たちの住んでいた場所であり、南部小学校の生徒だった僕にとって、この中津城、中津神社、そして公園地はもっぱら学校帰りの遊びの場だった。

「そういえば、君は中津祇園は好きかい?」

ふと飛んできた諭吉さんのこの質問で僕のテンションは爆上がりした。

中津祇園

僕は中津市の新博多町という商店街のある町で生まれ育った。新博多町を含む一帯は、旧中津藩の城下町で、そのエリアには「中津祇園」という夏の大祭がある。

中津城を中心に南側の旧城下町の7町内で行われる上祇園、そして北側の北部エリアの6町内で行われる下祇園があり、毎年7月末にその中津祇園は開催される。

この祭りでは、各町内が「祇園車」と呼ばれる13台の山車《だし》を引っ張りながら、3日間にわたって練り歩く。

この祭りがある町で育った僕たちにとって、中津祇園は一年で一番の楽しみであり、この時期には全国から中津に人々が帰省する。「盆正月は帰らなくても、祇園には帰る」というある種お祭りクレイジーたちが中津にはたくさんいるのだ。そして人々はこの中津祇園に没頭する人たちのことを「お祇園さん」と呼ぶ。もちろん祇園車のある新博多町で生まれ育った僕もその一人だ。

僕たちの一年は中津祇園で始まり中津祇園で終わる。そしてその祭りのフィナーレこそが、この中津城公園地の鳥居をくぐって広場を練り回す宮入りの儀だ。

1町内約100人から200人近い人々が呼吸を合わせ、鉦《かね》と太鼓の音に合わせて全力で山車を曳《ひ》き、ものすごいスピードで神社の鳥居をくぐる。その一瞬に「お祇園さん」たちは、その一年の思いすべてをかけるのだ。

ということで僕にとって、この公園地はそういう意味でも聖地である。その場所で、諭吉さんから祇園のことを聞かれたことが嬉しくてたまらず、僕は夢中で自分の中津祇園愛について話しまくった。

当時の武士の習わし

「ところで諭吉さんも中津祇園に参加してたんですか？」

「いや、私は武士だから祭りに行ってはいけなかったのだ」

「え、そうなんですか？」

「そう。祇園はあくまで町人の祭りだ。だから武士は参加するのは禁止されていた」

「それはかわいそうですね。せっかく祇園があるこの町に生まれたのに」

「しかしそれはあくまで建前で、武家に生まれた私の友人たちは、ほおかむりして見に行ってたけどな」

「あの泥棒がかぶるやつですか？　諭吉さんもそれをかぶって見に行ってたんですか？」

「いや、私の家は『決められたルールはちゃんと守る』というのが母が決めた家訓でな、だから行きたくても行けなかった」

「そうなんですね」

「とはいえど私が住んでいた留守居町は、祇園車が練り歩くエリアだったから、お囃子《はやし》は毎年当たり前のように聞こえてきたし、その音色はいまでも頭に残っている。チキリンチキリンチキリンコンコン、だろ？」

「そうです！　僕、お囃子隊だったので、鉦も太鼓も打ってました」

「そうか、そうか。君も中津が好きなんだな。ふるさとを愛することはとてもいいことだ。私も中津が大好きだ」

そううなずきながら諭吉さんは僕の話を聞いてくれた。


地元中津に日本の歴史を変えた先人がいて、その人がこうして自分が育った場所で話を聞いてくれている。奇跡としか言いようのないその状況に、あらためて僕は「中津に生まれて本当によかった」と思った。同時にこの中津という土地、僕の代まで命をつないでくれたご先祖様や両親にも感謝した。

そしてこの頃から、僕は自分の中で、言葉にできない何かが大きく変わり始めているのを感じていた。

第5章

『学問のすすめ』で諭吉さんが一番伝えたかったこと

独立自尊

一身独立して一国独立す

僕がひとしきり祇園の話をした後、諭吉さんはスッと立ち上がり、お堀から見て右斜め前に建っている大きな石碑を指差した。

「君はあの言葉を知っているかい?」

諭吉さんが示したその石碑には4文字の言葉が彫られている。それは「独立自尊」。

「いいえ、昔から見てはいたんですが、どんな意味なんでしょうか?」

「あれは私の言葉であり、私が一番伝えたかったメッセージだ」

「そうなんですか、知りませんでした。すみません」

「よいよい、これから学べばいい。ここから一番大切なことを君に伝えよう」

僕はその言葉に慌てて携帯を出し、メモのアプリを開いた。諭吉さんは僕が準備を終えるのを確認してからゆっくり語り始めた。

「中津人であることをもっと大きく考えると、君は日本人だよな」

「はい」

「では日本人である君が、まずやるべきことはなんだと思う？」

中津の中でさえ大したことができていない当時の僕にとって、正直、日本という国のことなどは大きすぎた。その質問にどう答えればいいのか、僕は頭の中であれこれ考えていた。

「わからないなら答えを言おう。それはまず君自身が自分の足でしっかり立つということだ」

「自分の足で立つ…、それって自立するということでしょうか？」

「そのとおりだ。**一身独立して一国独立す。これが私が『学問のすすめ』で一番伝えたかったことだ**」

僕たちはみな国の細胞である

「人間の身体というのは細胞で成り立っていることは君も知っているね」

「はい。それくらいは」

「この細胞にもいろいろある。若い頃は細胞が元気だ。しかし歳を取ってくると中にはガン細胞も出てくる。たとえガンにならなかったとしても、そのひとつひとつの細胞が衰えたり、いい細胞を悪い細胞が壊していくと、当然身体はダメになる」

この時点では諭吉さんが何を言おうとしているのかがよくわからなかったので、僕は黙って聞いていた。


「つまり君は日本という国のひとつの細胞なのだ」

「自分が国の細胞…。そんなこと考えたこともなかったです」

「君は日本と言うとどんな姿を思い浮かべる?」

日本? 頭の中に即座に思い浮かんだのは、日本列島の地図だった。そのイメージを諭吉さんに正直に伝えた。

「多くの人がそう思っているが、実はそうではない。**国というのは国土のことではなく、正確にはそこに生きる人たちの集合体のことを指す。国民がひとつの場所に集まっている顔を想像できるようになると、国というものに対する捉え方が変わる**」

「それって中津でも同じことでしょうか?」

「そのとおり。中津という場所は、つまりは中津の人々の集まりのことなのだよ」

少しだけ諭吉さんの言わんとすることが見えてきた。そして同時に、中津を想像したとき、家族、友人、祇園の仲間たちが一堂に集まっている姿を僕は想像した。諭吉さんは続けた。

「中津という地域、そしてその向こうに広がる日本という国は切り離して考えるべきではない。それらはあくまで一直線の延長線上にあるものだ。先ほど言ったとおり、君はその地域や国を構成する細胞のひとつだ。ではその細胞がひとつでも活性化したらどうなる？」

「中津や日本がほんの少しだけ元気になります」

「そのとおり。君の言うように、確かにほんの少しかもしれない。しかし、その少しが大切なのだ。小さな少しが集まることでやがて大きな集まりになる。ゼロと1はまったく違うのだ」

「なるほど」

「そしてその細胞は周りの細胞に影響を与える力を持っている。つまりは**君が自立し、周りによい影響を及ぼせるようになったとき、はじめて君の周りの人々も自立し始める。そしてまずは中津、やがては日本が元気になっていく。**つまりその起点になるべきは…」

「僕自身、ということですか？」

「そのとおりだ。理解できたかい？」

「一身独立して一国独立す。それが独立自尊という意味なのですね」

独立自尊。僕は幼い頃から遊びながら眺めていたその漢字をあらためてメモした。

「自由」という言葉の本当の意味と由来

自主自由

「独立自尊。この言葉ってちょっと難しいんですが、いまの時代で言うとどういう表現になりますかね？」

諭吉さんはさっき、ここが自分の一番伝えたい大切な部分だと言った。だから疑問に思ったことはしっかりと聞いておこう。僕はそう思った。

「現代語で言い換えると、『自主自由』という表現が適切だろう」

「自主自由…」

「**まずは自らの足で立ち、自らの由《よし》なに生きる。これこそが独立自尊であり、自主自由の意味なのだ。**ここからはその表現で話していこう」

諭吉さんいわく、独立とはつまり自立し、他人に依存することなく自主的に生きること。自尊とは自由。

なるほど、その表現ならいまの僕でもわかりやすい。それにしても明治の人なのに、令和を生きる僕に現代語の解釈を教えてくれるとは。やっぱり諭吉さんの語彙力はダテじゃない。生意気だけど僕はそう感動していた。

「諭吉さん、ちなみに『自らの由《よし》なに』とはどう考えたらいいですか？」

「自分の思うままに、という意味で捉えたらいい」

「なるほど、わかりました。自由ってそういう意味の言葉なんですね」

「ただ、この自由というのは何をやってもいいということではない」

「と言いますと？」

「その自由はあくまで他人の自由を妨げないことが大前提だ」

「人に迷惑をかけない範囲で、という意味ですか？」

「そのとおりだ。自分がそうであるように、人にも自由に生きる権利があるのだから」

「なるほど。確かにそうですね」

「この自由を英語で言うと『ＦＲＥＥ』。ちなみにこれを初めて日本で訳したのも私だ」

「ということは、僕たちがふだん使っている自由という言葉は、諭吉さんが日本で初めてつくったということですか？」

「そういうことだがまあそれはいいとして、あの石碑に書いてある言葉の意味はわかったかい？」

「はい。自主自由ということですね」

「では、まずはなぜ君が立つことが大切なことなのかを教えよう」

自由という言葉。そしてカレー。諭吉さんが、この日本にもたらしたものを知るたびに、僕は驚かされるばかりだった。「え、あの言葉も？　あの仕組みも諭吉さんが日本に導入したんですか？」と何度目を丸くしたことか。

いま僕たちの生きる日本に当たり前にある多くのものは、明治時代にこの福澤諭吉という人間を起点にして生まれたと言っても過言ではないくらいだ。

なぜ自立することが大切なのか

有形の自立と無形の自立

諭吉さんは再び僕の横に座って話し始めた。

「まずは自分の足で立つということ。つまりこの**自立には2種類がある。ひとつは有形の**

自立。そしてもうひとつは無形の自立だ。有形とはモノからの自立。そして無形とは心の自立ということになる」

有形と無形。うなずきを忘れないようにしながらも、僕は黙ってメモを取り続けた。

「まず有形の自立とは、自分の仕事で生計を立て、親や他人の世話にならず自分の力で生活を成り立たせること、つまり他人からモノをもらわないことを指す。この形ある自立は目に見えるためにわかりやすい」

「確かに。それは社会人になってお金を稼ぐことと考えていいですよね?」

「そう考えることが適切だろう。これに対して、無形の自立とは精神的なもので、深く広い意味を持つ。精神的な自立は、他人や物事に影響されず、自分の意志で行動することを指す。ここからはなぜその自立が君にとって最優先課題なのかについて、具体的な例を挙げて説明しよう」

人のせいにしない人になるために

「自分の人生に起こることを人のせいにする人がいる。こういう人間は、『親が悪い』『上司が悪い』『環境が悪い』『政治が悪い』などと、自分を振り返り反省することなく、いつも周りの責任にする。この心ぐせのままでは、何歳になっても決して自立しているとは言えない」

心が痛かった。そう言われて振り返ってみると、僕は自分の人生を、いつも誰かのせいにして生きてきたような気がする。

「いつの時代も世の中で人のせいにする人ほど、やっかいな存在はない」

「具体的に言うと、それはどういう人でしょうか?」

「例えば、自分の怠惰が原因で貧乏になったというのに、そのことは棚に上げて、近くのうまくいっている人を恨む人。もっとひどいのになるとその人を陥れようと画策したり、徒党を組んで泥棒に入って金品を奪うなど、乱暴に及ぶことすらある」

「理不尽ですね」

「極まりない。そもそも法のおかげで自分の身の安全が保証され、日々を安全に暮らしていけるというのに、都合のいいときだけ法を頼るだけ頼り、自分の鬱憤《うっぷん》を晴らすためには法を破るなんて筋が通らない。恥知らずもいいところだ」

「大なり小なり僕にもそういう部分があることは否めないので気をつけます」

「気づいた時点でそう心がけておいたほうがいい。**精神的自立とはつまり、自分の行動に責任を持ち、自分で判断し、その責任を他人に依存しないことを言う。つまりは君が、自分の力で物事の善悪を判断し、他人の意見に無駄に振り回されない人になれたときはじめ**

て自立したと言える」

「心得ます」

他人のことを思いやれる人になるために

「ふたつめ。自立する気概のない人は、周りのことを考える気持ちが薄くなる」

「どういうことでしょうか？」

「精神的にも経済的にも自立した人は自分にゆとりができる。その分、真剣に周りのことを思うことができるようになる」

確かに。「まずは自分が幸せでなければ、人を幸せにすることはできない」という言葉を何かの本で読んだことがあるし、実際に人からその言葉を何度も聞いたことがある。それと同じと考えていいのか、僕は諭吉さんに聞いた。

「そのとおりだ。人はまず自分が自立して、はじめて他人のことを思えるようになる。だからまずは1日でも早く自分の足で立てる人間になることが大切なのだ。そして人は自分だけでなく、周りの人も幸せにできたとき、はじめて本当の幸せにたどり着いたと言える。つまりは自分が自立し、他人を思うゆとりを身につけるということこそが、本当の意味で自分を幸せにするということなのだ」

なるほど。僕も早くそのゆとりを持てるようになりたい。

自分の意見をはっきり言えるようになるために

「みっつめ。自立できない人は、必ず他人に依存する。他人に依存する者は他人の言動を恐れ、ビクビクしながら生きるようになる。ビクビクして生きる者は、顔色を窺《うかが》って生きるようになる」

「ちょ、ちょっと待ってください。メモが追いつかないのでもうちょっとゆっくりお願いします」

「それって全部を記録するのではなく、↓をつければ早く記せるのではないか？」

なるほど。そうしよう。

「続けよう。人の顔色を窺いながら生きる者は、やがて周りにゴマをするようになる。ゴマをする者は、それが無意識の習慣になり恥を忘れる。恥を忘れた者は、やがて面《つら》の皮が厚くなる。そうなると人として恥ずべきことを平気でやるようになる」

諭吉さんの話をまとめるとこうなる。

自立できない↓他人に依存する↓他人の言動を恐れる↓ビクビクする↓顔色を窺う↓ゴ

マをするようになる↓無意識の習慣になる↓恥を忘れる↓面の皮が厚くなる↓恥ずかしいことを平気でやるようになる

「なんか最悪の循環ですね」

「そうだな。しかし必ずこうなる。そしてこれは癖になるとなかなか治らない。これらのすべては依存心が原因となって起こる」

「なるほど、依存ってそんなに怖いものなのか。だから諭吉さんは依存の逆、つまり自立をすすめているんですね」

「そのとおりだ。このように他人の目を気にしてばかりいると、人との交流においても自分の権利を主張できず、結果的に不利な取引を受け入れてしまうようになる。すべてが周りの人のなすがままだ。これではまさに自由とは程遠いものとなってしまう」

人を傷つけないために

「よっつめ。**自立の気概のない者は、他人や地位に依存して悪事を働く**」

「具体的にはどういうケースがありますか？」

「君の周りにいないか？　例えば『自分の後ろには誰それがついている』と、その権威を笠に着てやたら人に対して威張り散らす人間が」

「います」

「いないか？　『自分は地位があるから』と世間のルールを破り、平気で人の尊厳を踏みにじったり、周りの人を力ずくで上から押さえつけようとする人間が」

「いますいます」

これまでの人生でいたそういうタイプの人たちが頭をよぎった。

「自立の意思がない者は、このように他人や地位の権威を借りて悪事を働く可能性が増える。裸の自分だけでは正面から人と向き合うことができないから、『虎の威を借る狐』になってしまうのだ」

人間関係のバランスシート

人との貸し借りにおいて赤字をつくらない

「自立しなければいけない理由の最後。ここは一番大切なことだ」

「どんなことでしょうか？」

「可能な限り、人に対して借りの多い人生を送らないということだ。借りが多いと人は不自由になる」

「貸し借りの借りですか？」

「そう。人間関係は『貸し』と『借り』、ふたつの要素で成り立つ。このバランスがうまく取れていなければ、いい人間関係は持続できない。大切な部分なのでここはしっかりと伝えておこう」

僕は不思議に思っていた。それは『学問のすすめ』なのに、諭吉さんの言葉から出てくるのは、「人として大切なこと」という啓発的な要素が多いということだ。自立と学びにどういうつながりがあるのだろう？　そこがつながるポイントを早く知りたい、そう思いながら僕はメモを取り続けた。

「まずは『貸し』から話そう。貸しとは誰かのためを思い、その人のためになるような手助けをすることだ。もちろんその人にとって将来不利益になるようなことであれば、厳しく指摘し、可能な限り精一杯忠告することも、その人に貸しを与えたことになる。その観点で振り返ったとき、君は誰に借りが多いと感じる？」

「中津祇園の先輩やお世話になった先生、生まれ育った近所の人たち。いろんな人が思い浮かびます」

「君がそうして『あの人には借りがある』と感じている人たちに対しては、なんらかの形で必ずその借りを返していくということを心がけておきなさい。片方が与えっぱなしで、もう片方が貰いっぱなしだと、その人間関係はやがて壊れてしまうことになる」

「はい、そう心がけます」

そうは言いながらも考えた。僕はその人たちにどう具体的に借りを返していけばよいのだろうか、と。

本当に大切な人を大切にする

「逆のことも付け加えておこう。例えば自分が相手に何も貸しをつくっていないにもかかわらず、自分が困ったときだけ人にものを頼みに来る人がいる」

「確かにいますね。そういう人。僕もそうならないように気をつけます」

「それがいい。運よく相手がお人好しだったら、一度や二度は助けてくれるかもしれない。しかしこれが何度も続くと、おそらくその人からさえも、やがては疎んじられることになる。だが、人の貸し借りの理屈を学んでいない者は、『人が困っているのにあの人は助けてくれなかった。ひどい人だ』と自分の努力不足は棚に上げて相手を恨むようになる」

「そういう人に対しては、どう向き合えばいいでしょうか？」

「取り合わないことだ」

「それって冷たくないですか？　弱い人なのに」

「なに、そんな人が弱いものか。こういう人は君が思うより、ずっとたくましくてしぶといものだ」

「そうなんですか？」

「例えば君が力を貸さないとわかった瞬間、その人はすぐに他の誰かを見つけ出して、しっかりと頼ることができる」

「そうだとしたら確かにたくましいですね。でも諭吉さん、人間関係は貸し借りのバランスで成り立つってことはよくわかるんですが、その計算ばかりになると、人間関係がドライになりすぎる気もするんですが」

「そうだな。君の言うとおり、この考え方はともすると計算高く映るかもしれない」

「はい、僕はちょっとそう感じてしまいます」

「しかしここはしっかりと覚えておかなければいけない。そうでないと君は無駄なことばかりに労力を使うことになる」

「どういうことでしょうか？」

「本来はそれほどまで助ける義理のない人のために自分のお金や時間を使い果たしてしまうと、結果的に、君が借りの多い人が本当に困ったとき、その人に対して受けた恩を返せなくなってしまうことになる」

「それは残念ですね」

「君が自分の持っているものを使って幸せにすべき相手は、いままで恩をくれたその人たちなのではないか？」

「なるほど。本当に大切な人を大切にするためには、自分の力を注ぐ相手も選ばなければいけないということなんですね」

「そのとおりだ。『困った人がいたら助けなさい』。この道徳の教えは尊い。しかし、自分の力と相手との貸し借りのバランスを考えずにこの言葉どおりにすると、君自身が本当に大切な人を見失ってしまう恐れがある」

1日も早く自立するために学ぶ

「なぜ自立しなければいけないのか、少しは理解できたかい？」

「はい、ありがとうございます。とてもわかりやすかったです」

にこっと笑ってうなずき、諭吉さんはまとめた。

「まずは君自身の1日も早い自立を考えなさい。そして経済的にも精神的にも自分にゆとりができたとき、今度は周りの人を助ける存在になってほしい。そのためにもまずは君が自分の足で立つこと、それこそが君と君の大切な人たちが幸福にたどり着く一番の早道なのだ」

諭吉さんの言葉の理解度が深まっていくたび、右斜め前にある「独立自尊」の石碑が輝きを増していくように僕は感じていた。

「昨日話したように、貧富や強弱の差は自然法則ではなく、人の努力によって変わるものだ。特に権利が保障されたいまの世の中は、努力することで、どんな立場にいる人でも富や地位を得ることができる」

「昨日、そして今日のお話でそのことがよく理解できました」

「だからこそ、君はいまから学ぶという覚悟と気力を持ち、まず君自身の自立を達成することを最優先に考えなさい。そしてそうした自立した個人が集まってこそ、はじめて自立した国がつくられるのだ」

「そのいち早い自立のためにやるべきこと」

「そう、それこそが」

「自分にとっての実学を見つけ、学ぶということなんですね」

「そのとおりだ。私の伝えたいことがよくわかったようだね」

「はい、心の中で諭吉さんが話してくれたことの意味がどんどんつながってきました」

「嬉しいものだ。これでまたこの日本のひとつの細胞が元気になる。そしてそれこそが『学問のすすめ』を通して私が一番伝えたかったことなのだよ」

その後もお堀の上で、僕は諭吉さんから中津にまつわるいろんな話を聞いた。当たり前だがその話は知らないことばかりで、あっという間に時間が過ぎていった。

第6章 日本ご先祖委員会

宝来軒中央町店にて

もうひとつの中津名物

「大将、今日は何も言わずにチャーシュー麺をふたつ出してもらってもいいですか？」

「お、元くん、今日はえらい食べるね。麺がのびるから食べ終わったら出そうか？」

「いいえ、ちょっと事情は言えないんですが、高速で食べるので同時にお願いします」

「そうか。了解。じゃあひとつはちょっと固麺でつくっておこうね」

「助かります。ありがとうございます」


出会ってから4日目を迎えた4月5日。諭吉さんたっての願いで、その日のお昼ご飯は宝来軒中央町店にした。この宝来軒のラーメンは中津の人がこよなく愛するソウルフードと言っていい。中津の人に「思い出のラーメンはありますか？」と聞けば、おそらくほとんどの人が宝来軒の名前を挙げるだろう。

宝来軒は中津市内に何軒かあるが、それぞれ微妙に味が違う。我が家は祖父の代からこの中央町店の大ファンだった。大将の山平《やまひら》さんは、生まれた頃から僕のことを可愛がってくれているので、その日に限っては同時に2杯出しという無理な注文を聞いてくれた。

「いやあ、やっぱりうまいな。中津といえば宝来軒だよな」

諭吉さんはそう言って、美味しそうにラーメン（の湯気）をすすった。僕はイヤホンをし、諭吉さんに話しかけた。

「あの、諭吉さん、生きてた頃に宝来軒なかったですよね」

「ここは私が所属する会のふるさと巡りツアーでは〝鉄板〟なのだ」

また出た。ふるさと巡りツアー。ところでいったいそれは何の会なんだろうか。

「私は昭和からずっと食べてきたから君より付き合いは長い。この大将のおじいさんが中津に初めて宝来軒をつくったときからの大ファンだ」

「そうなんですね」

「ここのおじいさんは努力家でな。日夜味の研究を欠かさなかった。**いまもこうして宝来軒が流行っているのは、おじいさんが自分の実学を学び続けたおかげ**とも言える」

「味の追求、それがおじいさんにとっての実学だったんですね」

「そのとおりだ」

「あの、そろそろ僕、そのラーメン食べていいですか？」

「おお、そうだった。大満足だ。ごちそうさま」

僕は諭吉さんのためにつくってもらった2杯目のラーメンを食べた。前日また飲みすぎたので、特に塩気が欲しかった僕は、2杯目をペロッと食べてしまった。

「大将、ごちそうさまでした」

「元くん、ありがとう。今日はここから仕事？」

「はい。ある方のアテンドです」

「そうか。がんばってな」

大将に挨拶をして宝来軒を出た諭吉さんと僕は、国道212号を耶馬渓方面に向かって車でゆっくりと進んでいった。

ふるさとを想うということ

青の洞門《どうもん》

「耶馬渓道路」と呼ばれる212号を走ること約20分。右手に流れる山国川《やまくにがわ》を見ながら僕たちは青の洞門に行き着いた。

この青の洞門というトンネルは、昔、険しい崖しか通り道がなく、通行人が多数事故に遭ったことを憂いた禅海和尚《ぜんかいおしょう》という人が、石工たちとともに、ノミと金槌一本で30年以上手掘りで山をくり貫き、人が安全に通れるようにしたことで有名な場所だ。そして知っている人は意外と少ないが、実はこの青の洞門こそ、日本で初めて通行料を取った道路で、いまの有料道路のまさに先駆け的存在なのだ。

ちなみにこの禅海和尚の青の洞門は、大正時代、当時有名作家であった菊池寛《きくちかん》という人が『恩讐《おんしゅう》の彼方《かなた》に』という小説のモデルとしたことで一躍有名な場所となった。

「諭吉さん、ここが青の洞門です。この下毛郡《しもげぐん》も合併していまは中津市になりました。当時は自動車がなかったので、諭吉さんの頃ってこっちまで来ることなかったでしょ」

いくらなんでもここなら僕のほうが詳しいはず。ひとつくらいは現役である僕が諭吉さんを案内しなければ、そう思っていた。

「禅海和尚は私の友人だ」

「はい？　確か生きた時代が違うと思うんですけど」

「そんなこと言ったって、友人なものは友人なのだ。まあそうなったのは中津と下毛郡が合併した後だから歴はそんなに長くはないけどな」

それから数時間後、その日のうちに諭吉さんのその言葉の真意を知ることになろうとは、その時点で僕はまったく想像していなかった。

競《きょう》 秀《しゅう》 峰《ほう》

青の洞門を越え、諭吉さんと僕はその先のドライブインで鯉の餌を買い、川を優雅に泳いでいる鯉に餌やりをしていると、諭吉さんが僕に聞いた。

「元、君は後ろに見える崖を知っているかい？」

「崖って競秀峰のことですか？」

「うん」

「もちろんです。幼い頃、この近くに実家があった母方の祖母に連れられて、よくこっちまで来てましたから。この景色、本当に綺麗ですよね。中津の宝だと思っています。諭吉さんは競秀峰詳しいんですか？」

「うん。**実はあの競秀峰は私の持ち物だった**のだよ」

「持ち物？」

競秀峰。青の洞門を抜けてすぐのところにあるこの場所は、邪馬渓の一部であり、日本名勝百景のひとつだ。1923年に名勝指定されてから2023年でちょうど100年になったということを、諭吉さんが教えてくれた。

加えてこの場所は、昭和のはじめの頃まで諭吉さんの私有地だったという。もうよく意味がわからない。自分の豆粒くらいの知識を披露することはやめ、諭吉さんからその経緯について詳しく聞いた。

「明治時代、この競秀峰は、その切り立った地形がゆえに管理ができず荒れはてた。そのため新しく開発する計画が立った。私はこの景観がすごく好きでな。これを壊すのはしのびなかった。だから東京から親戚に送金して払い下げてもらい、この土地を私有地にしたのだ」

「その親戚って近い人なんですか？」

「私の一番上の姉が嫁いだ小田部《おたべ》家という家だ」

「そうなんですね。知りませんでした。ということは、この景色が壊されずにいまもあるのは諭吉さんのおかげなんですね」

「正確に言うと、私はお金を出しただけだけどな」

諭吉さんはさらっと言ったが、いちいちスケールが半端ない。

人誰か故郷を思わざらん

ただここで疑問に思ったことがある。僕は幼い頃、「福澤諭吉さんは中津の封建制度が嫌いで藩を飛び出した」とよく聞いていた。

しかし、諭吉さんからよくよく話を聞くと、中津市学校のために全精力を注いだり、競秀峰の景観を守ったり、東京に行ったのちもかなり中津のために尽力している。これが本当に中津が嫌いで飛び出した人間のやることなのだろうかと不思議に思うくらいに。

その疑問を諭吉さんに投げかけると、諭吉さんはゆっくりと話し始めた。

「君が幼い頃に周りの人から聞いたとおり、私は封建制度の激しい中津という町が大嫌いだった。19歳のときにはじめて中津を出るときは、正直『こんなところ二度と帰ってくるか』と思ったものだ。しかし人間とは不思議なものでな、遠く離れるとふるさとのよさが見えてくるものなのだよ」

そんなもんなのかな。僕にとって、諭吉さんが言うその言葉はあまり実感がわかなかった。

「どこにふるさとを想わない人間がいるだろうか。どこに故郷にいる友の幸福を祈らない

者がいるだろうか。誰にとってもふるさととは、そうした思い出の詰まった大切な場所なのだよ」

諭吉さんは鯉に餌をやりながら、話を聞く僕の横でしみじみそう言った。

「さ、では耶馬渓の奥に行こう。蕎麦が食べたいな」

「諭吉さん、もうちょっと待ってくれませんか？　さっきの宝来軒でまだお腹いっぱいです」

「あ、そうかそうか。では渓流でも見に行こうか」

こうして諭吉さんと僕は、さらに耶馬渓の奥のほうに車を走らせた。

新人、スティーブ・ジョブズ

電波フリーの携帯電話

「あれ、まずい」

「ん？　どうした？」

「いえ、ちょっと道に迷ってしまいまして」

耶馬渓という場所は大半が山だ。隅々まで電波が行き届くような気の利いた場所ではない。そのため携帯の電波が届かなくなり、さらに不運なことに充電まで切れてしまった。僕はいま自分たちがどこにいるのかがわからなくなってしまった。

しかも僕の車は友人から10万円で買ったとても古い型の車だった。そもそも買ったときにカーナビが壊れていたが、「道を検索するだけなら携帯のナビを使えばいい」、そう思ってつけていなかった。にもかかわらず唯一の頼りだった携帯電話が使えなくなってしまったのだ。そこがとても狭い道だったので、とりあえず僕は少し先にあった有料駐車場に車を停めた。

どうしよう。僕、方向音痴なのに。車を停めて何度か携帯を再起動しようとしたが、そもそも充電がないので入らない。あたふたしていた僕に諭吉さんが話しかけてきた。

「携帯が壊れたのか？」

「いえ、充電が切れてしまって。すみません。どうにかします」

しまった、昨日寝るときにちゃんと充電しとけばよかった。そう後悔していた僕に諭吉さんが言った。

「ふー、しかたがないな。ちょっと待ちなさい」

そう言って懐からスマートフォンを出した。

「ゆ、諭吉さん、スマホ持ってるんですか？」

「うん。しかも最新機種」

「何で持ってるんですか？」

「いや、実はな、この前私が所属する『ご先祖委員会』の世界大会に出たとき、アメリカご先祖委員会に入ったばかりの新人が名刺代わりにくれた」

「あの、その人ってひょっとして…」

「彼、名前なんて言ったかな、えースティーブ、えっとなんだっけ」

「スティーブ・ジョブズですか⁉」

「あ、そうそう。彼、『よろしくお願いします』と言ってみんなにスマホを配っていたよ」

まじか。しかも会の名前がご先祖委員会。そんなのってアリか？

「ところで諭吉さん、そのスマホって電波入るんですか？」

「もちろんだ。天国仕様だから地上の電波など問題にならない」

「…」

天国仕様。またさらにスケールの大きな話に呆然としていると、諭吉さんのスマホが鳴った。

「あ、朝吹《あさぶき》だ。ちょっと待ってくれ」

「朝吹さんって誰ですか？」

「私の弟子だ。はい、もしもし。うん、うん。あ！　すまん、忘れていた。すぐ戻る」

そう言って電話を切った。心なしか諭吉さんは少し焦っていた。

「どうされたんですか？」

「いや、実はな、今日、大切な仕事があったのを忘れていた。元、ちょっとつきあってくれ」

「どこにですか？」

「ついてくればわかる」

諭吉さんがそう言った瞬間、なぜか突然、急激な睡魔が襲ってきた。

そして天国へ

幽体離脱

目が覚めると、僕は見たことのない景色の場所に立っていた。

「あの、諭吉さん、ここどこですか？」

「私が住んでいる世界だ」

「それって天国ってことですか？　あの、僕、まだ死にたくないんですけど」

「大丈夫。連れてきたのは魂だけだから。本体は車の中で寝ている」

「それって幽体離脱ってやつですか？」

「まあそうとも言えるな」

「いや、ちょ、ちょっと待ってください。幽体離脱って車ごとレッカーされちゃったらどうするんですか？　僕、車の中で仮死状態ってことですよね」

「まあ小さいことは気にするな。車はちゃんと有料駐車場に停めたから問題ない。何なら管轄の警察署員全員に風邪でも引かせて、1日だけ捜査できないようにするから」

「…」

この人はときどきメチャクチャなことを言う。もうなるようになれだ。とはいえ、不安だからもう一回だけ聞いてみよう。

「あの、諭吉さん。僕死んでないですよね」

「うん。ちゃんと明日には帰れるから今日は私につきあいなさい」

こうして諭吉さんの意味不明な導きにより、僕にとって生涯忘れることのできない衝撃だらけの半日が始まった。

日本ご先祖委員会

〝なんで俺がこんなことに、なんで俺がこんな場所に…〟

そう思いながら半ばふてくされながら諭吉さんの後を歩いていたが、数分後、僕のその不満は感動に変わった。

「福さん、久しぶり。こっちで騒ごう」

芸者に囲まれて三味線を弾きながら楽しそうに踊る二人組から声がかかった。

「おお、楽しそうじゃな。しかし私はこれから仕事なのだよ」

「そうか。天国まで来たのに福さんは働きもんじゃなあ。ほんま感心するきに」

そう会話を交わし、諭吉さんは早足でその場所を通り過ぎた。

「あの方々は誰ですか？」

「坂本くんと高杉くん」

「あの、それってもしかして…」

「坂本龍馬と高杉晋作」

「ぐおおおお！　僕、めちゃくちゃファンなんです。サインもらってきていいですか？」

「ダメ。時間がない。急ごう」

残念ながらサインこそはもらえなかったものの、まさかリアルの坂本龍馬さんと高杉晋作さんに会えるとは。来てよかった。


「おお福澤さん。お急ぎでどこに行かれるのかな？」

「福澤先生、お疲れ様です」

今度は犬を散歩させている恰幅《かっぷく》のいい男性と、少し狐目の細い男性が声をかけてきた。

「西郷さん、こんにちは。ちょっと急用であっちの世界から戻ってきました。あ、宗太郎《そうたろう》くん、今日夜は参加できるかな?」

「もちろんです。楽しみにしております」


「あの人はね…、あれ、元、どうした?」

「いえ、あの方は西郷隆盛さんですよね。しかも犬の散歩してるし」

振り向いた諭吉さんが言葉を詰まらせるくらい、僕は号泣していた。

「ちなみにあのおともの方は誰ですか?」

「彼は増田《ますだ》宗太郎くん。君の中津の先輩にあたる」

「え? 中津の方なんですか?」

「そう。歳が離れた私のまたいとこなんだがね、彼は西郷さんに惚れ、西南戦争で死んだ。だから引き続き、こっちの世界でも西郷さんの付き人をしている」

増田宗太郎。中津藩士。

中津隊を組織し、西南戦争に参加。西郷隆盛とともに城山の地で命を終えたという。その忠誠心の高さから、増田宗太郎の墓は、薩摩藩士たちが眠っている鹿児島の南洲墓地に建てられた。東にある桜島に向いて建てられた薩摩藩士たちの墓に対して、直角に、北の方角に向けて建てられた唯一の墓がその中津隊士たちの墓である。ちなみにその北の方角は、増田宗太郎の生地である中津市の方向を指していると言われている。

龍馬さん、高杉さん、西郷さんに会えて感動しながら歩いていると、丘の向こうで大勢の子分たちを平伏《ひれふ》させ、その前で偉そうに椅子に座っている人に出くわした。

「あの人は誰ですか?」

「あ、あれは、信長さん」

「織田信長さんですか?」

「そう。君、また死にたくなかったら目を合わせないほうがいいぞ」

「あの、諭吉さん。僕まだ一回も死んでないんですけど」

「ああ、そうだったね。失礼した」


こんな感じで諭吉さんはどんどん目的地に向かって早足に歩いていく。

ここからの詳しいやりとりは省くが、歩くたびに次々と現れる歴史上の人物たちに涙を流して感動しながら、僕は諭吉さんの後を歩いて行った。そのときの僕は、テレビで大活躍している芸能人たちの秘密の別荘地帯に一人放り込まれたミーハーファンさながらだったと思う。

諭吉さんいわく、この場所、日本ご先祖委員会は日本に大きな影響を与えたと神様から認定された人間だけが住むことを許される場所らしい。すごい。願わくば、最低でも1ヶ月は滞在したい。いや、本音を言うと3ヶ月くらいはいたい。

そんなことを考えながら、諭吉さんの後を歩いて行くと、僕たちはある大きなシンポジウム会場の前に着いた。そしてその会場の前では「朝吹さん」という方が諭吉さんのことをソワソワしながら待ち構えていた。

「あ、福澤先生。着きましたか。よかった、間に合って」

「朝吹、すまん。心配をかけた」

「いえ、大丈夫です。さあ控え室に行きましょう。ところでこの若い方は?」

「中西元くんだ。勉強がてら一緒に連れて来た」

「ああ、この子が。なるほど。さあ、ご一緒にどうぞ」

あれ? この朝吹さんは僕のことを知っているのだろうか? まさか気のせいだろう。

僕は朝吹さんから言われるまま、諭吉さんのために準備されていた控え室について行った。

令和・お札の顔交代式

英雄たちの花舞台

しばし控え室でお茶を飲んだ後、諭吉さんは司会者との打ち合わせがあるということで、僕は朝吹さんから会場の方に案内された。

その会場は１０００人を超えて立ち見が出るほどの満員御礼。当然座る席がないので、僕も立ち見の人たちの中に混じって一番後ろで見ることにした。

定刻になり、会場の電気が消え、「ブー」というブザー音とともにどんちょうが開く。そのどんちょうが左右にすっぽりとおさまると同時に、スポットライトが舞台中央を照らし、同時にＢＧＭが鳴り響き始めた。するとそこに眼鏡をかけてスーツを着た一人の男性が出てきた。

「みなさま、大変長らくお待たせいたしました！　ただいまより『令和・お札の顔交代式』を始めさせていただきます。本日司会進行を務めさせていただきます、私、逸見《いつみ》政孝《まさたか》と申します。20年ぶり2回目の司会でまだ若造ではありますが、どうぞよろしくお願いいたします」

「うおー！」

「逸見さん、がんばれー」

会場から温かい声援が飛んだ。

拍手がゆっくり落ち着き、逸見さんが紹介を始めた。

「さっそくですが、お待ちかねのゲストを紹介しましょう。まずはじめは千円札の顔を20年つとめられました野口英世さんの登場です！」

逸見さんの紹介とともに、野口英世さんが出てきた。その登場に、会場は大きな拍手であふれた。

「次は五千円札の顔をつとめ上げました、樋口一葉さんです」

着物を着た樋口一葉さんが深々と頭を下げて登場してきた。どちらかというとしおらしい古風な女性という感じだった。

次はもう誰が登場するかはわかっている。なぜか僕の心臓の鼓動が高まった。

会場は一瞬シーンとなり、逸見さんは静かに話し始めた。会場の空気をコントロールするこの緩急の付け方は、さすがプロだ。

「さあ、ではみなさまお待ちかねのこの方をご紹介しましょう。なんと2期、約40年にわたって一万円札の顔をつとめ上げた我らが英雄、福澤諭吉さんの登場です。みなさま、大きな拍手でお迎えくださいませ」

会場が総立ちになり、割れんばかりの拍手と歓声が会場を揺さぶる中、諭吉さんがゆっくりと登場した。「諭吉さん、がんばれー!」気がつけば僕も周りの声に負けないよう大声で叫んでいた。同時に、諭吉さんの発する堂々としたオーラとカリスマ性に僕は鳥肌が立っていた。

登場が終わり、3人が揃って並んだ後、逸見さんは言った。

「そして今日はなんと、スペシャルゲストとしまして、過去に百円札、千円札、五千円札、そして一万円札の顔となりました日本のお札王である聖徳太子さんをお迎えしています」

「うおおおお…」という低く、静かなどよめきが会場を包んだ。すると客席側の一番前のゲスト席に座っている聖徳太子が立ち上がり、後ろの会場を見渡した。そして両手に細長いしゃもじのような形をした棒を持ったまま、みんなに一礼をした。

ニューヒーロー渋沢栄一さん

まずはお札の顔を終えた3人の感想トークから始まり、次がメインの交代式というのがそのイベント名である「令和・お札の顔交代式」のスケジュールだった。僕はもらったパンフレットを一人眺めながら、あらためて自分がこの歴史的瞬間に立ち合わせてもらえることを、諭吉さんに感謝していた。

千円札、五千円札の交代式と続き、次はいよいよ一万円札の番になった。

まずはタスキをかけた諭吉さんが下手側から登場し、次に上手側から渋沢栄一さんが登場した。

実は僕は大河ドラマのマニアなこともあり、『青天《せいてん》を衝《つ》け』は欠かさずに見た。本物の渋沢栄一さんの登場に、僕は猛烈に興奮していた。

まずは「一万円札の顔」とプリントされたタスキを渡す儀式が始まった。

自分にかけていたタスキをはずして相手に渡した諭吉さんと、そのタスキを受け取った渋沢さん。その授与が終わった後、二人は固い握手を交わした。その歴史的瞬間に、会場の盛り上がりは最高潮になった。

たびたびスクリーンに映し出される聖徳太子も、棒を両手に持ったまま、嬉しそうにうなずきながら、その様子を見守っていた。

次は二人のパネルディスカッション。引き続き司会は逸見さん。

その話の中で、諭吉さんは「一万円札の顔を通して見てきたさまざまな人間模様」、そして渋沢さんは「論語とそろばんと資本主義」について自らの意見を述べ、お互いを労いながらさまざまな意見交換をした。

時代を代表する功績を残した二人のお金に対する考え方、経済観、そして未来への展望に会場の人々が大感動したことは言うまでもないだろう。

「え？　もう2時間経ったの？」と隣で立ち見をしていた人が不思議がっていたその仕草がぴったりとハマるくらい、あっという間にそのイベントは終わった。まさに時代の継承を祝うにふさわしい素晴らしいイベントだった。

日本ご先祖委員会中津人会

中津の英雄たち

「諭吉、お疲れ様」

「福澤先生、感動しました」

「一万円札40年間、本当にありがとうございました」

「令和・お札の顔交代式」の会場を出た諭吉さんと僕は、とある和食屋に連れて行かれた。

その店の入り口には、黒い案内看板に白い字で「歓迎 日本ご先祖委員会中津人会様」と書かれていた。

どうやらその会は諭吉さんのお疲れ様会らしく、ご先祖委員会エリアに住んでいるたくさんの中津人たちが集まっていた。それぞれの人たちが自分の思いを言葉にし、諭吉さんを労っていた。

その会は乾杯を含めた会長の挨拶から始まった。その会長は甲冑を着て少し足を引きずっていた。聞くところによると黒田官兵衛さんらしい。僕はその宴会に向かう道中、官兵衛さんがいるだろうと予測していたので驚かないつもりでいたが、実際に目の当たりにすると心が震えた。


「諭吉、あらためて本当にお疲れ様」

中津人会の先輩にあたる官兵衛さんが発したその言葉に、諭吉さんはグラスを持ったまま、頭を下げた。

「今日、無事に一万円札の顔を終えたということで、君に次の役割を渡そうと思う。私が長年つとめさせてもらった中津人会の会長を諭吉にやってもらいたいんだが、みんなはいかがかな？」

「黒田会長、賛成です！」

「福澤先生、よろしくお願いします」

そこにいたみんなが拍手で盛り上がった。どうやら中津人会のみなさんはノリがいいタイプのようだ。

「えー、官兵衛さん、勘弁してください。私はさっき一万円札の顔が終わったばかりなんですよ。まあ正式に紙幣が替わるのは3ヶ月後ですけど」

「ダメ、もう決めた。みんなも賛成しているし。よし決定。ということで今夜は騒ごう。かんぱーい」

「うおー！　かんぱーい」

こうして官兵衛さんの野太く大きな発声で、中津人会の宴は始まった。

その日、集まったメンバーは約50人。

主要メンバーは黒田官兵衛さんをはじめとして、『解体新書』という人間の解剖書を日本で初めてつくった一人である前野良沢さん、青の洞門を手掘りした禅海和尚、江戸末期の剣豪と呼ばれた島田虎之助さん、麗澤《れいたく》大学をつくった廣池千九郎《ひろいけちくろう》さん、神戸大学をつくった水島銕也《みずしまてつや》さんなど、そうそうたる顔ぶれが並んでいた。

会の幹事役は、朝吹さん、中上川《なかみがわ》さん、濱野さん、小幡さん、もう一人、同じ苗字の小幡さん、そして和田さんという人だった。

一番端の席ではさっき西郷さんと一緒にいた増田宗太郎さんが静かに飲んでいた。

しかもさすがは中津人会。テーブルの上には山盛りのからあげと麦焼酎が並んでいる。最初は少し緊張したものの、朝吹さんをはじめとする中津の先輩たちが温かく迎え入れてくれたおかげで、僕も楽しく飲ませてもらった。

中津音頭

いったい、どれくらい飲んだのだろう。あまりにも楽しすぎて僕はすっかり酔っ払ってしまった。

「みなさま、本日は若いゲストが向こうの世界から駆けつけてくれています。中西元くんです」

会の幹事役であり、同時に宴会部長でもある朝吹さんが、みなさんに僕のことを紹介してくれた。

「うおー、ようこそ」

「よっ、唯一の現役中津人!」

「中津の先輩方、はじめまして。現役中津人の中西元です!」

僕はみなさんの温かい声に支えられ、ふだんはやったことのないテンションで自己紹介をした。お酒がまわって気が大きくなっていたこともあり、正直、調子に乗りまくっていた。

するとその先輩の一人から、思いもよらない言葉が飛んできた。

「何か現代の歌を一曲歌ってくれ」

「おおそれいいな。カラオケあるし。よし若者、いけ!」

どうしよう。現代の歌って言われても。苦し紛れに考えた後、いいことを思いつき、カラオケ前にいた人にリクエストをした。

「先輩方、ありがとうございます。不肖中西元、一曲歌わせていただきます!」

「いいぞー」

「何歌うんだ? なるべく我々が知っている歌を頼むよー」

僕が選んだ曲、それは「中津音頭」。

お店のスピーカーから笛に合わせて三味線と太鼓、そして「チリン、チリン」と鳴る鐘の音楽が鳴り響き、店は手拍子で一体となった。中には懐かしそうに涙を流してくれている先輩もいた。

一番を歌った後、諭吉さんがカラオケを止めて僕のところに来た。「あれ、どうしたんだろう？　ひょっとして俺、調子に乗りすぎた？」と僕は一瞬冷静になった。

「元」

「はい」

「君、ものすごく歌がうまいな。なぜだ？」

「あ、僕、民謡教室に通ってたので」

「昨日飲んだあの女性の先生のところか？」

「はい、そうです」

「うまい！　感動した。さあみなさん、久々に聞く中津音頭です。元の歌に合わせてみんなで踊りましょう」

「それいいね！」

「よし、現役、アンコール！」

そしてもう一度、中津音頭のメロディーが始まり、宴会場にひとつの輪ができた。僕はさっき歌ったときよりも、さらに気持ちを込めて歌った。

観光中津音頭　嶋道夫作詞　※（）内が踊る人たちの合いの手

ハァー豊前中津は　城下の町よ
ハーヤットサノサ（チョイト）
さくら花咲くへいの道（ソレ）
かおる若葉に　福沢翁を（ヨイトサッサ）
しのぶ土蔵の　明り窓（シャント）
中津よいとこ　城下町
チコソウチコ　城下町

「うおお、懐かしい！」

「二番いこう！」

先輩たちの合いの手と声援に僕はさらに調子に乗った。二番は大好きな中津祇園の歌詞だ。

ハァー月の闇無《くらなし》　浜辺にうつる
ハーヤットサノサ（チョイト）
祇園車の絵巻物（ソレ）
いさみ太鼓に　鉦の音さえて（ヨイトサッサ）
沖は夜明の　夏まつり（シャント）
中津よいとこ　華《はな》の町
チコソウチコ　華の町

「最高だ！」

「中津に帰りたくなった」

先輩方のたくさんの声援に僕は有頂天になっていた。そして僕はこの後、アンコールをいただき、結局、計3回中津音頭を歌った。中津人会50人を入れたその和食屋の宴会場は、まるで盆踊り大会のように大盛り上がりになった。

民謡をやっていてよかった。いやいやオカンから通わされていたことが、まさかこんなところで役に立つとは。

僕は向こうの世界にいる民謡のおばちゃんと母にあらためて感謝した。

母への思い

お順さん

酒がすすみ、多くの人が酔っ払っていく中でも諭吉さんは気丈だった。幼い頃から鍛えた肝臓はどうやら本物みたいだ。

会が始まった頃から、一人だけ「この女性は誰だろう?」と僕が気になっていた人がいた。そして諭吉さんは宴会中でもことあるごとにその人の隣に行き、気遣っていた。幹事の朝吹さんに聞いたところ、その方は諭吉さんのお母さんの「お順さん」という人だった。

僕は諭吉さんとお順さんのところに挨拶に行った。

「お母さん、はじめまして。僕、中西元と言います。いま、福澤先生にいろいろなことを教えてもらっています」

「あら、さっきの中津音頭のお兄ちゃん。あなた歌上手ね。感動したわ。懐かしかったし」

「ありがとうございます」


そこからしばらくの間、僕はお順さんから諭吉さんの幼少期の話を聞いた。

幼い頃から手先が器用だったこと、若い頃、中津の文化になじめなかったこと、東京で成功した後に自分を迎えに来てくれたこと、9人の孫がいることなど、お順さんのおかげで、いろんな諭吉さんの顔を知ることができた。

そして、その話の最後にお順さんが何気なく言った言葉が、僕の心にグサッと刺さった。

「私は諭吉という親孝行な息子を持てたことが、生きていた中で何よりも幸せなことでした」


いまの僕が母にこんな言葉を言ってもらえるはずがない。ずっと心配ばかりかけて親不孝な息子だったし。諭吉さん、すごいな。世間でやってることもとてつもなくすごいのに、プライベートでも家族をこんなに大切にしていたんだ。どうすればお母さんにこんなことを言ってもらえる息子になれるんだろう。

僕は自分が恥ずかしく、そしていつも当たり前のようにいてくれる母の存在が無性に愛おしくなった。しかしだからと言って、そのときに何か大きな決意ができたわけでもなく、ただただただそんな諭吉さんを尊敬することだけで精一杯だった。

こうして夜はふけていき、宴会が終わったのが夜中の3時。

ちょっと仮眠をとり、朝7時、僕はお世話をしてくれた朝吹さんをはじめとする中津人の先輩方に挨拶をし、諭吉さんと現世に戻った。

第7章

福澤式、仕事がうまくいく人の考え方

日本のど真ん中にて

丸善丸の内本店

「いま書店が減っている。文化的に見ると、これは大問題だ」

本を読むビジネスパーソンたちの聖地とも呼べる、東京駅にある丸善丸の内本店。日本の中心の東京、そのまさにど真ん中にあるこの書店は、「いま、働く人たちはどんな本を読む傾向にあるのか」という分野で、日本全国の書店のバロメーターになっているお店だ。

「本ってこんなに種類があるのか」と驚く僕に、それらの本を眺めながら諭吉さんはぼそっと冒頭の言葉を言った。

4月6日、ご先祖委員会から朝早く現世の中津に戻った諭吉さんと僕は、夕方までゆっくりして、夜ふたたび合流。いつものように「桜」でご飯を食べながら、昨日の日本ご先祖委員会中津人会の話で盛り上がった。

そしてその翌日の4月7日、諭吉さんの誘いで、僕は北九州空港から午前11時発東京行きの飛行機に乗った。

東京は人生で2回目、高校の修学旅行以来だ。到着して諭吉さんと僕は高速バスに乗り、新宿で降りた。そして山手線に乗り、表参道や原宿など、学生の頃、東京にいた美桜から聞いたおすすめの場所を巡った。

その後、渋谷へ。そびえ立つ高いビル群やセンター街の人の多さに、僕は何度も目が回りそうになった。一日中ヘトヘトになるまで東京観光をし、東京駅の近くのビジネスホテルに一泊。

そして翌4月8日の朝10時、諭吉さんの案内により、その店、丸善丸の内本店に行ったのだった。

丸善で1時間ほどぐるっと本を見た後、僕たちは丸善の中にあるハヤシライスのお店で早めのお昼を取ることになった。

日本初の株式会社

「うん、相変わらずうまい」

その味に満足そうにうなずきながら、諭吉さんはハヤシライス（の湯気）を食べた。

「諭吉さん、ハヤシライスを食べたことがあるんですか？」

「ある。試食会に何度も行った」

「試食会、ですか？」

「元、君はこのハヤシライスは丸善の創業者がつくったものだと知っているかい？」

「そうなんですか？　知りませんでした」

「その創業者を早矢仕有的《はやしゆうてき》という」

「へー、早矢仕さん。だからハヤシライスなんですね」

「ちなみに早矢仕くんは私の弟子だ」


全国の主要駅を主戦場とする書店チェーンである丸善グループ。その創業者で、ハヤシライスの生みの親である早矢仕有的さんは、江戸の終わりまで岐阜で医者をやっていた。しかし、諭吉さんの元で学びたいという衝動が抑えられず、上京し慶應義塾に社会人入学。そこから諭吉さんとともに、書店だけでなく、丸屋銀行など数々の事業を起こした。諭吉さんの出版活動を大きく支えたのもこの丸善グループで、実際に中津市学校のテキストには丸善マークのシールが貼られたものが、数多く残っている。

ちなみにこの丸善という会社が日本で初の株式会社であるということを、諭吉さんが僕に教えてくれた。

福澤屋諭吉

出版事業の始まり

そういえば思い出した。諭吉さんは慶應義塾の創設や執筆のほかに、事業をやったと言っていた。それはどんなものだったのだろう。そのことを諭吉さんに聞いてみると、ハヤシライス（の湯気）を食べ終えた諭吉さんは話し始めた。

「私が生涯の中で後にも先にもたった一度だけ大きな投資をした事業、それは出版社だ」

「え、諭吉さん、自分で書くだけじゃなくて、出版社をやっていたんですか？」

「うん。私は商売は不得意だったけどな」

「その出版社っていまはもうないんですか？」

「ない。後にこの会社は『時事新報』という新聞社に変わった」

「へー、そうなんですね。ところでその出版社って何ていう名前だったんですか？」

「何度か名前は変わったが、一番初めは『福澤屋諭吉』」

「ふくざわや？」

ここからのやりとりはちょっと長くなるので、諭吉さんから聞いた話をまとめてお伝えしたいと思う。

「福澤屋諭吉」は明治2年（1869）11月、諭吉さんが35歳のときに東京で誕生した。

諭吉さんはすでに幕末から『西洋事情』をはじめとして、数々の著作翻訳活動を展開していた。しかし江戸末期、出版業界の慣行として、著作者は原稿を執筆するだけが仕事。そしてその後はすべてを「書林」と呼ばれる書店の問屋組合に一任するのが普通だった。版下、刷り、製本、販売の全工程、加えて職人の雇用から用紙の買い付け、値段設定に至るまで、本ができてから売るまでのすべての権限が書林の手の中にあったのだ。

肝心の著作者本人は、書林が決めた原稿料をもらうだけであり、その報酬は明確な基準がなく、どんぶり勘定のようなものだったらしい。著作者に対するこの雑な扱いに理不尽さを感じた諭吉さんは一大決意をすることになる。

「本の製作から販売までの工程をすべて他人任せにし続けるのは、著作者がずっと不利になり続けるということだ。なーに、しょせん人がやること。書林と言ったって、それほど大した存在ではない。たかがしれている。そのすべてを自分たちの力だけでやってやる。

そう思った」

諭吉さんがそう言うように、その言葉こそ独立自尊の真骨頂そのものだ。

日本初の自己啓発書

「出版社をつくろう」。そう思い立った諭吉さんは、まず手始めに、東京の大きな紙問屋と取引を始めた。その発注量は書林のなんと10倍。しかも即金で支払うことを約束する。その膨大な紙を当時、現在の港区芝にあった慶應義塾に引き取り、倉庫いっぱいに積んでおく。

次に本づくりの職人たちを次々とスカウトし、日当を払って仕事をしてもらう。職人たちは蔵の中に積んである途方もない紙の分量に度肝を抜かれた。彼らは同時に諭吉さんの本気度を感じた。

「これだけ大量の紙が保有されているならば、ここでの仕事は永続するに違いない」

そうソロバンを弾いた職人たちは続々と「福澤屋諭吉」に就職することになった。そして諭吉さんはその職人たちから出版業界の内部情報を聞き出すことに成功し、あっという間に出版業界の内側を把握してしまう。こうして職人たちを自分の傘下に入れることにより、書店販売以外のすべての出版インフラを慶應義塾の中に丸ごと一個つくり上げてしまったのだ。

これは現在で言えば、出版社の社長が自社で本をつくり、問屋（取次）を通さずに本屋に直接販売で卸すようなものだ。本屋の手数料以外はすべて自社のもの。普通の流通とは利益率が違う。

諭吉さんは「私は商売が苦手」と自分ではそう言っているが、諭吉さんの著書の累計発行部数を考えると、とんでもない一大事業を超短期間でつくりあげたことになる。まさに出版業界の一大革命だ。

そして三田《みた》移転後の明治5年（1872）、「福澤屋諭吉」の運命をさらに高みに導くことになる大ベストセラーが誕生する。そう、当時国民の10人に1人が読んだと言われる『学問のすすめ』だ。

350万部というとてつもない部数の一切合切を自社でつくって本屋に直接販売したのだから、当然「福澤屋諭吉」は莫大な利益を手にすることになる。

そしてもうひとつ時代の追い風が吹く。諭吉さんの得意とする数々の啓蒙書、いまでいうところの自己啓発の本が、明治5年に全国で施行された義務教育令である学制とその内容が見事に適合したこと、学制発布にともない学びに対する機運が全国的に高まったことにより、『学問のすすめ』をはじめとする諭吉さんの本は全国で飛ぶように売れたのだ。

日本初、ビジネススクール機能を備えた出版社

いっさい無駄のない実践型経営

「諭吉さん、本当に商売が苦手だったんですか？　めちゃくちゃすごいと思うんですけど」

諭吉さんの説明を聞く中で単純に疑問に思ったので僕がそう聞くと、諭吉さんは首を振って言った。

「事業は山あり谷ありだ。本が売れたからといって、いいことばかりではなかった」

「そうなんですか？　どんなことが起きたんですか？」

「本が売れすぎたため、それまでの自社製本体制では追いつかなくなってしまったのだ」

「それって他の人から見ると泣いて悔しがるいいことのような気がしますが」

「そして明治5年8月、『福澤屋諭吉』は『慶應義塾出版局』になった」

その慶應義塾出版局は変わった出版社だった。本来、出版社は本を出すということがメ

インの事業であり、現代でも基本的には本の発行一本の会社が多い。

しかし諭吉さんは違った。なんとその慶應義塾出版局を、塾生たちが実践的にビジネスを学ぶ場にしてしまったのだ。

簡単に言うと、慶應義塾で学んだ塾生たちが、起業する前に慶應義塾出版局に就職する。そしてビジネスの現場で、商品開発、販売、経理というものを、理論ではなく実際の体験を通して覚えていくという仕組みだ。しかも塾生はたくさん慶應義塾にいるし、その個人の特性もよくわかるので、リクルートをする必要がない。

おまけに諭吉さんはこの出版局の中に、起業して社会に飛び立っていく若者たちへ資金貸付をする制度までつくっている。その資金はすでに慶應義塾から飛び立ち、日本経済の中枢で大活躍している実業家たちから集めたものだったという。

慶應義塾で育て、出版局で実践訓練をさせ、投資をして社会に送り出し、成功したらその人たちに出資の協力をしてもらう。

これはたとえれば、ひよこを鶏に育てて卵を産ませ、またそこから生まれたひよこたちを鶏に育て、同時に卵を販売するようなものだ。まさになんとも合理的な「実践型ビジネススクール」と言える。

これにより『学問のすすめ』で何度も繰り返している「理論と実践」の大切さを、諭吉さん自らが証明していくことになる。

そしてこの仕組みを完成させたことにより、慶應義塾と出版局はまさに表裏一体の存在となり、数多くの実業家たちを世の中に送り出していった。

ちなみにその出版局の初代責任者が、天国の中津人会で僕に一番よくしてくれたあの朝吹さんだったということを諭吉さんから聞いたことが、僕にとってもうひとつ嬉しかったことだった。

君はなぜ働くのか？

皇居

「すごい、ここが皇居か」

「私が東京、当時の江戸に来たとき、ここはまだ江戸城だった。私の塾の名前が慶應義塾になったちょうどその頃、天皇陛下が京都から東上されてここが皇居になった」

諭吉さんの道案内に従って、丸善のある東京駅を八重洲側に抜けて10分ほど歩き、突き当たりを左折。皇居を右手に見つつ内堀通りを南の方角に向けて歩きながら諭吉さんはしみじみ言った。

「出版と教育という好きな仕事ができたこと、そう考えたら私は幸せだった」

「うらやんではいけないことはわかっていますけど、うらやましいです」

「人生で一番幸せなことは、『これに人生をかける』と思えるような、一生を貫く仕事を持てることだ」

「いいなあ、僕もいつかそうした仕事に出会えるんでしょうか？」

「いまから行く場所まで歩いて1時間くらいかかる。ちょうどいい。仕事の話をしよう。これは『学問のすすめ』の9編で当時の中津にいた旧友たちに向けて伝えた話だ」

僕はメモを取るためにポケットから携帯を出した。

アリ程度の人生で満足するな

「元、君はいま、なぜ働いている？」

諭吉さんから唐突に哲学的な質問が飛んできた。

「え、なんでって、それは生きるためです。仕事をしないとお金をもらえないので」

「そうか。しかし**残念ながら、それでは君はアリと同じだな**」

「あ、アリ？　僕、いまアリと同じ状態なんですか…」

アリ程度。頭の中で、アリの集団にまみれて働く、顔の部分だけが僕になったアリの姿が思い浮かんだ。へこんでいる僕を気にすることなく、諭吉さんは続けた。

「例えばサラリーマンにせよ、技術者になるにせよ、または商売を始めるにせよ、社会に出ると、経済的に親のもとから自立するということになる」

「はい。僕はいまのところそれが営業という仕事です」

「給料をもらい、それ相応のものを着て、相応のものを食べ、他人への義理を欠かすこともなく、結婚し、家を建て、子どもにも人並みの教育を受けさせ、困らないくらいの蓄えを使いながら人生を終える。まあ、典型的な普通の人生と言える」

「僕はその典型的なタイプだと思います」

「しかし、それで満足してはいけない。厳しいと思われるかもしれないが、その時点で成し遂げたことを見て、私はその人が一人の人間として、立派に人生の目的を果たしたとは思わない。ただ働くだけ。それくらいならアリでもできる」

「厳しいですね。その内容を中津の人に送ったんですか？」

「そう。気が向いたら『学問のすすめ』の9編を読んでみればいい。〝中津の旧友へ※〟と

※正確には「学問の旨を二様に記して中津の旧友に贈る文」

いうタイトルで書いてある」

もし世の中に革新を起こす人がいなかったら？

皇居を眺めながら諭吉さんは続けた。

「人間の一生とは、自分だけの衣食住を満たす程度で十分だと考えると、その人が世の中にもたらす新しい価値は生まれない。『ただ自分だけが幸せであればそれでいい』という、世間に対してまったく関心を持たない人であふれてしまう」

「でもほとんどの人がそうなんじゃないでしょうか」

「ただ生きて、ただ死ぬ。ただそれだけの人生は残念ではないか？」

「それは確かに残念です。でも…」

「そのような生活を子々孫々まで何百年続けたとしても、社会はいまのままだ。世の中の利益となるような大きな事業を起こす人も出なければ、船も橋も建築物もつくられず、画期的な技術革新も起こらない」

そう言われれば確かにそのとおりだ。現にいま僕が歩いているこの整備された道路も、この綺麗な景色も、道を行き交う見たことのない高級車も、そしてこの携帯電話もスニーカーも、もともとは誰かが考え生み出したものだ。僕たちはその恩恵の中で、いまこうして快適に生きることができている。

『すべての人間が自分のことだけで満足し、平凡な人生に安住してしまうならば、今日の世の中は始まりのときから何の進歩もなかっただろう』という言葉がある。私はこの言葉に深く共感する。本当にそのとおりだと思う」

着物の袖の中で腕を組んだまま諭吉さんは淡々とそう話した。僕は隣でメモを取りながら、諭吉さんのペースに合わせてゆっくりと歩いた。

生きるためだけに働くな

「人の仕事は大きく分けて2種類に区別できる。ひとつめは自分が生きるための仕事。そしてふたつめは、社会の一員としての仕事だ」

「ふたつの意味があるんですか？」

「そう。これは君がこれから先も仕事をしていく中でとても大切なことだ。このふたつの違いについて詳しく説明しよう」

「お願いします」

「まずひとつめの生きるための仕事とは、働くことによって、衣食住を手に入れるということ」

「僕はまさにいま、そこです」

「衣食住を満たすために働くことはそんなに難しいことではないし、自慢することでもない。だから私はたとえ汗水垂らして働いて、一人で生活できるようになったとしても、それで十分な人生だとは思わない」

諭吉さんから発せられる言葉は、正直その時点での僕にとってはとても厳しく聞こえた。150年前の中津の人たちも、おそらくそう感じたのではないだろうか。

「ふたつめは、社会の一員として仕事をすること。人は社会において、他人と関わりを持たなければ生きていけない。そしてこの関わりは、夫婦や親子だけの範囲では十分とは言えない。広く他人と交わり、その関わりが広がっていけばいくほど、その幸福感は大きくなる。だからこそ人間社会が生まれ、世の中は進化してきた」

僕は黙って聞いていた。

「ビジネスも、政治も法律も、この世で仕事と呼ばれるものは、すべて人間の社会生活のために必要なものだ。逆を言えば人間社会がなければ、世の中から仕事というものは必要なくなる。そして君はすでに社会の一員として生きている。ということは、他人の幸せのために働くことこそが、社会の生き物である人間としての義務なのだ」

「義務…」

「そう。そしてその義務とは、いま君がいる立場で、自分が出せるすべての力を使って社会に貢献し、世の中を進化させるということだ」

誰かのために働くということ

「正直そんなことは考えたことがありませんでした。社会に出てからの3年半、僕はただ自分だけのために働いてきた気がします」

「例えば政府が何のために法律を定めるのか。それは人が罪を犯すことを防ぎ、善良な市民を守るためだ。学者が何のために論文を書いたり授業をするのか。それは次世代を育成して未来の社会をよりよいものにするためだ。なぜ社長が会社を大きくするのか。それは自分がつくった商品を一人でも多くの人に届けることによって、その人たちの生活を豊かにするためだ」

「それが社会のために働くということ…」

「そう。さっきも言ったが、いままでもしこのような人たちがいてくれなかったら、君はいまこうして快適に生きることができているという利を受けられなかったはずだ」

諭吉さんの話を聞きながら、この日本を発展させるために命をかけた人たちの顔が思い浮かんだ。特にその話を聞いた場所が、世界で一番働き者である日本人たちが全力でつくり上げた都市、東京であったことも、その人たちを容易に想像できた一因だったと思う。

こうした先人たちの努力を考えたとき、僕は自分だけの力で生きているのではなく、その人たちがつくってくれたもののおかげで生かされているのだと感じた。

「くりかえしになるが私の言う自立とは、衣食住を手に入れて、他の誰からも援助を受けずに生活するという程度のことを言っているのではない。そうした自己完結型ではなく、他の人と力を合わせて自分の地域、そして国を豊かにするということだ」

「地域や国を豊かにすること…」

「そう。この思いで仕事をできるようになって初めて、人は本当の意味で自立したと言えるのだ。ただ働いて生活の形だけ整えても、中身、つまり世の中を思う志が追いついてなければ、それは結果として本当に自立しているとは言えない」

仕事がうまくいく人の条件

高い志を持つ

「諭吉さん、仕事がうまくいく人の条件ってありますか？」

「いい質問だ。いくつかある。ではそれを具体的に伝えよう。**まずひとつめは仕事に対しての大きな志を持つこと**」

「志。それって夢と捉えていいですか？」

「そのほうがしっくりくるなら、それでもいい。しかし私は志という言葉のほうが適切だと思うので、そう表現していいかい？」

「わかりました。では志でお願いします」

「『この仕事で世の中をよくするんだ』と考えながら仕事をする人のことを『志の高い人』と言う」

志が高いと聞いて、僕は劣等感を抱いている同僚のことを思い出した。そういえば彼はいつも「お客さんによくなってほしい」と熱く語る。そう考えたとき、志の高い彼が職場やお客さんから必要とされるのも当たり前のことだ。僕の中でその同僚に対する見方が変化してきていることがわかった。

「もちろんこの志は高ければ高いほうが、その人の働きは尊いものになるということになる。逆に志が高くなければ、その人の働きは高尚なものにはならない。志の高さは、その人の仕事の大きさを決定づける。君には志を高く持ってほしい」

一人でも多くの人の役に立つ職種を念頭に置いて仕事を選ぶ

「そしてふたつめは仕事の選び方だ」

「どんな仕事を選ぶかも大事なんですね」

「もちろんだ。仕事にはその難易度とは別に、『そもそもその仕事自体がどれだけ社会において役に立つものであるか』という観点で考えると、その影響力には当然大小がある」

「確かにそう言われればそうかもしれません」

「世の中にはいろんな仕事がある。社会において役に立つかどうかの実用性という点では差が出て当たり前だ」

「その実用性とは？」

「それは『どれだけ多くの人を幸せにできるのか』ということを基準に考えた可能性のことだ」

なるほど。それはその仕事が持つインパクトの強さと考えてもいいだろう。僕はそう解釈した。

「この観点で考え、より実用的な仕事に関わろうと考える人は、世の中がよくわかっている人だと私は思う。逆に世の中がわかっていない人は、実用性の低い仕事を選ぶ」

「それは具体的にはどういう仕事でしょうか？」

「例えば単なる御用聞きだったり、単純で簡単な仕事ばかりを選ぼうとしてしまう。それでは所得も低くなるため、ただ生きることだけで精一杯になってしまう」

「頭をそれほど使わずに簡単にできる仕事という意味ですね」

「そう。若いうちにこうした仕事の理屈をしっかりと学び、特性を理解することにより、結果として多くの人に役立つ仕事を選ぶことができるようになるのだ」

「そうした仕事を選ぶことができるかどうかということも、つまりは学んだか、学んでいないかということが関係してくるということですか？」

「そういうことだ」

一生懸命働く

「みっつめ。それはごくごく単純なことに尽きる」

「どんなことでしょうか？」

「**一生懸命仕事をする**ということだ」

「なるほど、確かにシンプルですね。それゆえに忘れてしまいます」

「志だけが高くてもダメだ。それに匹敵するくらい実際に働かなければ、その志は絵に描いた餅になってしまう」

「実際にそう働けていない人って多い気がします」

「この手の傾向は、中途半端な学びをしている人間に特に多い。仕事に対する志だけは気高いのに仕事量が伴わない人間だ」

「もうちょっと具体的に教えてください」

「わかった。例えば仕事を決めるときもそう。世の中を見渡しても、『自分ほどの人間がやる仕事ではない』などと言いわけをして、結果として仕事に就こうとしない人間」

「現代の学生に多いですね」

「だから中途半端だと言っているのだ。そういう人間は、たとえ働き始めたとしても、『なんで自分ほどの人間が、こんな仕事をしなきゃいけないんだ』と不満に思い、すぐに投げ出してしまう」

「それも僕たちの世代にありがちです。僕、まだ転職をしたことはないんですが、学生時代の同級生から『元、おまえ3年半もひとつの会社で働いているのか？　すごいな』と言われるくらいです」

「そうか。それが誰だかは知らないが、そのままだと先行きは暗いな。その彼のように、ただ学んだという学歴だけを頼りに気位ばかりが高くなるのも心配だ」

そうか。すぐ辞めてしまう人間は、諭吉さんの言う気位、つまりプライドの高さも関係するのかもしれない。そう思った。

「そしてもうひとつ。それは『自分はこんなにがんばっているのに上司も周りも認めてくれない』といつも嘆いている人間」

僕の職場にもそういう人はいる。

「認められない原因は、満足に結果を出していない自分にあるにもかかわらず、その自分を振り返ることなく、いつも人のせいにしてばかり。こういう人間は、理想と現実がいつも食い違うから、常に心の中で不平不満を抱くことになる」

僕はどちらかというと志の低いほうだから、周りのせいというより自分自身を卑下してきたように思う。逆に周りを見渡すと「上司が悪い」「職場が悪い」と人のせいにできる人をうらやましく思ってしまうことは多々あった。

「こういう人間たちの共通点は、頭の中で志ばかりを高く置きすぎているがゆえに、理想の自分と現実の自分とのバランス感覚を失っているのだ」

「志が高いことが問題なのでしょうか？」

「違う。その志に見合った仕事をしていないことが問題なのだ」

「なるほど」

「高い志を持ち、それに見合った働きをすること。志と仕事量は本来同等、欲を言えば、量のほうが少しくらい上回っているくらいでちょうどいいのだ」

「一生懸命働くことが大切なんですね」

「仕事とは不思議なものだ。それがどんなものであれ、一生懸命やっていると、必ず面白くなってくる」

「そうなんですか？」

「間違いない。だからまずは淡々といまの自分の目の前にある仕事をしよう。『どうすればもっと人の役に立てるのか』を考えて働く習慣を身につけよう」

「はい。まずはいまの仕事をとことんやってみます」

「それができたとき、やがて志と仕事の結果が一致するときが必ずやってくる。そのとき君はもっと大きな仕事に呼ばれることになるだろう」

いまの仕事の意味を理解する

「仕事がうまくいく人の条件よっつめ、それは**自分がいまやっている仕事の意味を理解す**

ることにある」

「意味…」

「そう、つまり『自分はなぜその仕事をしているのか？』ということだ」

「なぜその仕事をするのか…」

「そう。その意味が見えたとき、君の仕事に対する取り組み方は必ず変わる」

僕はいま営業をやっている。そもそもその仕事の意味って何なのだろうか？　歩きながら考えてみたが、すぐには明確な答えが出てこなかった。

「難しく考えなくていい。例えば君のお母さんの居酒屋で考えてみようか。お母さんは何のためにお店をやっていると思う？」

「えっと、よくわかりませんが、『美味しい料理をお客さんに食べてもらって、明日もがんばろうって思ってもらうために私はこの店をやってるんだ』と母はよく言ってます」

「それだよ。それがお母さんの働いている意味だ」

「なるほど、そういうことなんですね」

「農家の仕事の意味は、美味しいお米をつくって世の中に届けること。会社員の仕事の意味は、自社の商品・サービスを開発し、それを世の中に届けることで人々の生活を豊かにすること。警察の仕事の意味は、悪い人を捕まえて、市民の安全を守ること。お役所や政府の仕事の意味は、市民や国民の合意の上で税金を集め、それをその地域や国の人たちが豊かに暮らせるように整備していくこと、ということになる」

「そう考えたら仕事には、全部なんらかの意味があるんですね」

「そう。その意味を考え、自分の中に落とし込んで納得させることが大切なことなのだよ」

「仕事って深いものなんですね」

「働く意味を追求し、その仕事に合った実学を学んでいくたびに、仕事力が身につき、やがて君は大きな仕事ができるようになる」

「ありがとうございます。僕、自分の仕事の意味をゆっくり考えてみます」

「うん、それがいいだろう」

君が生きた証

東京タワー

気がつくと僕たちは「東京タワー下」と書かれた交差点に着いた。斜め上を見渡すと、東京タワーがそびえ立っている。

「うわあ、想像してたより大きい。これをつくった人たちってすごいな」

田舎者ならではの感想がつい言葉になって出た。

「そうだな。彼らの働きはすごかった」

「諭吉さん、これをつくった人たちも知っているんですか？」

「向こうの世界、つまり先日君を連れて行った、日本ご先祖委員会のみんなで応援した。この東京タワーは第二次大戦後の焼け野原から日本人たちが立ち上がっていくためのまさに希望の象徴だった」

「東京タワーって戦後にできたんですか？」

「1958年。戦後13年のときだったな。この東京タワーの建設が始まったちょうど同じ頃に日本の高度経済成長が始まったのだ。君は実物を見るのは初めてかい？」

「はい、初めてです。テレビでは何度も見てきましたけど」

「そうか、ではせっかくだから真下まで行こう」

諭吉さんに連れられて「東京タワー下」と書かれた交差点を右折し、真下まで連れて行ってもらった僕は、しばらく東京タワーを見上げていた。

「こうした文化もその中で生きる人たちによっては無駄なものになる。そうならないように学ぶことが日本人の急務だ」

東京タワーを見上げながら、諭吉さんはしみじみとそう言った。

「諭吉さん、『無駄になる』とはどういうことですか?」

「例えばこの東京タワーのように、どれだけいい建築物や最先端の街をつくったとしても、その中で生きる人間が学ぶことをおこたり、個人個人が常に誰かに依存し、自立できていなければ、結局それは形だけのものになってしまう」

「中で生きる人間、それは僕たちのことですね」

「そう。**中と外のバランスが取れて初めていい組織であり、いい地域であり、もっと大きく言えばいい国と言える。だから何度も言うが、個人の自立の気概が大切なこと**なのだよ」

「はい」

次世代に残す仕事

「これまで話してきて、なぜ私が『自分のためだけに働くのはアリと同じ』と言ったかもうわかるだろう」

「はい、僕、今日を境にアリから卒業します」

「昔から偉大な人はみな、ただ自分のためだけでなく、社会をよりよいものにするために汗水を垂らして働いてきた。どうすればもっと人が楽になるのか、どうすればもっと社会のために役立つことができるのか、いつもそのことを真剣に考えて、より高い理想を追い求めた人たちだった。そしてそういう人たちが残してくれたものがあるからこそ、いまの最先端の環境があるのだ」

「感謝して後に続きます。まだだいぶ時間はかかりそうですが」

「元、いや、学ぶ者よ、覚醒せよ。自分が満足するところでやめてしまってはいけない」

「はい」

学ぶ者。諭吉さんの中で僕はその中に入れてもらえたらしい。あらためて気が引き締まった。

「私たちが過去の偉人たちを尊敬し、感謝するのと同じように、いまから何十年後を生きる時代の人たちが、これからの君たちの働きに想いを馳せ、恩恵に与《あずか》れるようにする。それが本当の意味で人が働く理由なのだ。君の使命、それはいま、この時代に君が生きた証を社会に残し、のちの世代に伝えていくことに他ならないのだ」

まだ何もできていないのに、なぜか熱いものが込み上げてきた。

「自分の中に限界をつくるな。もしその壁があるならいますぐそんなものは取り外して前に進め。人は誰かを幸せにするために生まれてきたのだ」

東京駅から1時間くらい歩いただろうか。東京タワーを過ぎ、諭吉さんと僕はそこから10分ほど、お互い沈黙のまま歩いた。しかしその道のりも、僕にとってとても温かな安心感に包まれた不思議な時間だった。

「よし着いた。ここに君を連れてきたかったのだ」

諭吉さんが口を開き右上を見上げると、そこは慶應義塾大学の東門だった。

第8章

慶應義塾

慶應三田キャンパスにて

東京都港区三田

「いやあ懐かしいな。ここが私にとっての第二の故郷だ」

慶應義塾大学のキャンパスに入り、諭吉さんはそう言って伸びをした。

「あの、素朴な質問なんですが、諭吉さんって慶應義塾をやっていた頃ってどこに住んでいたんですか？」

「どこってこの敷地の中だよ」

「え？　学校の中に住んでたんですか？」

「そう。だってこの土地は私の私有地だったから」


競秀峰に慶應義塾。いったい諭吉さんはどれほどの資産を持っていたんだろう？　諭吉さんの壮大な話を聞いていると、「ひょっとしたら当時この人は日本のすべてを手にしていたんではないだろうか」という錯覚に陥りそうになる。

「さっき携帯で地図を見たんですけど、ここって東京都港区ってところですよね。確かこのあたりって日本で一番土地の価格が高いところなんじゃないですか？」

〝全国の市区町村で平均所得と地価が日本一クラスに高い場所が東京都港区〟

東京から転勤で中津に住み、いっとき居酒屋「桜」によく来てくれたお客さんからそんな話を聞いたことがあったことを僕は思い出した。

「そうだな。確かにこのあたりは昔から地価が高い。最近の東京はどんどん地価が上がっているから、この辺もさらに高くなっているかもなあ」

諭吉さんはサラッと言った。

「その一等地にこんな広大な土地を持っていたんですか？」

「いや、安かったから買ったんだよ」

実はこの慶應義塾大学の土地も、自称「商売が苦手」という諭吉さんの天才的な実業家としての才覚で手に入れたものだった。諭吉さんからその経緯を聞いたので、かいつまんでまとめようと思う。

慶應義塾の誕生

諭吉さんの出版事業である「福澤屋諭吉」が誕生した明治2年（1869）。その当時、諭吉さんは芝に居を構えていた。その芝の敷地約400坪（約1300㎡）の中に、100人ほどの塾生を収容できる塾舎が建てられ、本格的な英学塾が発足した。

もともとは現在の築地にあった中津藩中屋敷の中で生まれた英学塾である「福澤塾」だったが、明治元年となる慶応4年（1868）、そのときの元号にちなんで「慶應義塾」と改名した。

大政奉還が終わり、始まったばかりの明治初期。新政府による諸々の制度が未整備な中でも慶應義塾の塾生数は増え続け、塾舎の増築や他の土地での分塾化という対策ではとても対応できなくなってしまった。

一坪280円？

江戸時代までは参勤交代の制度があり、全国各地からたくさんの人が流入してきたため、江戸の町は大きく栄えた。しかし大政奉還により江戸幕府が終わりを告げたことにより、大名とその家臣たちがいっせいに自分の国元に戻ったため、東京は空っぽの状態となった。土地は荒廃し、人々の心も荒れ果て、新しく江戸から東京へ改称した日本の首都の前途も、ここからどうなるのかと危ぶまれるばかりだった。

このような背景で土地に対する需要と供給のバランスが崩れたことで、買い手がつかないほど東京の地価は暴落した。なんとその当時の土地の価格は、一説によると現在の価格で一坪が約280円。その気になれば制服を着た現代の中学生でも土地を買える。

その余った土地に困った新政府は、欲しい人に土地を安く払い下げる（売り払うという意味）ことにした。

そんなドタバタの中、当時芝に住み、塾生数の増加により手狭になった土地のことで悩んでいた諭吉さんはとある場所に目をつける。それがいま慶應義塾のキャンパスがあるこの三田の土地だった。いまでこそ芝浦方面に埋立地ができ、ビルが立ち並んでいったことで景観こそは変わってしまったが、その当時、この土地は高台にあって湿気が少なく、海の眺望がよかった。その条件のよさに惚れ込んだ諭吉さんは、この場所を新たな住居兼塾舎にしようと考えたのだ。

もともとこの三田の土地は、肥前《ひぜん》島原藩（いまの長崎県）松平家が持っていた中屋敷だった。この三田中屋敷も当時、誰も引き取り手がなく、維新後に政府に没収されていた。

しかし、たまたま新政府や東京府にパイプを持っていた諭吉さんが「その土地を拝借したい」とあの手この手を使って政府に働きかけた結果、明治3年（1870）の11月にその拝借願いが許可された。ちなみに「拝借」とはいまでいう「賃貸」のことである。

行動の早さこそ力である

こうして新たに諭吉さんの拝借地となった三田中屋敷の敷地面積は1万4000坪。芝の敷地の30倍もの広さだった。しかし、諭吉さんはそれで安心することはできなかった。それはその土地があくまで拝借地、つまり賃貸である以上、政府の都合によりいつ「返せ」と取り上げられるかわからなかったからだ。

廃藩置県後の明治5年（1872）、諭吉さんのその不安は的中することになる。それは「東京内の拝借地（賃貸で貸し出された土地）を、現在の拝借人、もしくはその土地の縁故あるものに払い下げる方針を発表する可能性がある」という情報が耳に入ったのだった。拝借地から私有地への切り替えを密かに狙っていた諭吉さんは、それを聞いたその日にすぐに行動した。

まずは東京府の担当課長の自宅を訪ね、拝借地払い下げの方針が公示されたときはすぐ知らせてほしいと依頼する。その数日後、その担当課長から「払い下げが公示された」との連絡が入ったため、翌朝一番に、諭吉さんは代理人を東京府庁に飛んで行かせた。

情報解禁が昨日の今日であるため、払い下げの出願者などまだ一人もいないどころか、その土地を記帳する書類なども東京府側にはまだ用意できていなかった。それくらい諭吉さんの出願のスピードは速かったのだ。

しかしそこで油断する諭吉さんではない。「先を越されてはたまらない」という思いから、払い下げに伴う上納金をその当日に納めてしまったという。

こうして払い下げは成功し、この三田の島原藩松平家邸跡は、正式に諭吉さんの私有地になったのだ。

不動産屋、福澤諭吉

土地かビットコインか

その話を聞きながら30分ほど慶應義塾の中を歩いた後、諭吉さんと僕は、キャンパスに据え付けられているベンチに座った。時計は13時半を指していた。

諭吉さんはいつの間にか杖に両手を置いていた。そもそもこの杖はどこから出てきたのだろうか。これまでたくさんの疑問に驚かされ続けてきたので、もういちいち聞くのはやめておいた。それよりも僕には気になったことがあるのでそっちを質問した。

「あの、諭吉さん、ちょっと聞いてもいいですか？」

「どうした？」

「さっき、この土地を買ったときの値段って一坪が280円って言われましたよね」

「うん、言った」

「あの、もう一度確認しますけど、280円って当時の値段じゃなくて、いまの値段で間違いないですよね？」

「ないよ。なぜだ？」

「払い下げの話を聞いた後、一坪あたりの単価をネットで検索したら、三田エリアの平均価格が700万円ってなってたんですけど…」

「お、意外といい値段だな」

それ以上聞くのがバカバカしくなってしまったので、僕は頭の中で計算した。

諭吉さんがこの土地を買ったときの一坪の単価は現在の価格で約280円。それを1万4000坪買ったことを単純計算すれば、現在の価値で5000万円となる。この金額は当時の諭吉さんからすればタダ同然のようなものだろう。

しかも現在の単価が一坪700万円。280円で買ったものが700万円になっているということはその値上がり幅は2万5000倍。

人から聞いた話だが、2011年、仮想通貨のビットコインが1ビット700円くらいで取引されていた時代があったらしい。それが現在は1ビット1000万円を行ったり来たりしている。

ということは、その当時、もし1ビット買っていたとしたら、値上がり幅は1万4285倍。ビットコインですら諭吉さんの買った土地の値上がり幅には敵わない。

それを1万4000坪ということは、ビットコインにたとえると、1ビット700円のときに2万ビットくらい買ったようなものだ。もうわけがわからない。

もしいま僕がその時代にタイムスリップできたとしたら、何としてでもお金をかき集めて、ここら辺の土地を買い占めていたと思う。

拝借人 vs 縁故あるもの

「ところで諭吉さん、なんでそんなに払い下げの許可を急いだんですか？」

「それは島原藩松平家が、もともとは自分の屋敷だったことを理由に払い下げを願い出てくるかもしれなかったからだよ。新政府の方針の中に『現在の拝借人、もしくはその土地の縁故あるもの』と書いてあったからな」

「それでその松平家は来たんですか？」

「来た。三田中屋敷の譲渡を強く求めてきた。『自分たちは縁故だから、当然その土地の払い下げを受ける資格がある』というのが松平側の言い分だった」

「それはそうでしょうね。だって松平家は拝借地払い下げ対象と規定された『縁故あるもの』ですから」

「そうだ」

「それに対して諭吉さんどう対応したんですか？」

「『島原藩の屋敷だったことなど自分は知らない。東京府からの拝借地を払い下げられただけのことであり、この件は東京府に掛け合ってほしい』。そう言って突っぱねた」

「それで相手は引き下がりました？」

「いや、『ではその土地を折半しよう』とまで申し出てきたが、私は取り合わなかった。だってすでに私が買い取っていたからな。そうしてずっと突っぱね続けていたら、結局松平家は諦めてしまい私の粘り勝ちとなった。わははは」

「…諭吉さんってけっこうすごいやり方をしてたんですね」

「いつの時代も迅速に行動した者が勝つ」

諭吉さんは胸を張ってそう言った。

そのやり方がいいか悪いかは別として、明治維新直後の混乱の中、現在の慶應義塾三田キャンパスはこうして誕生したのだ。これは、「自分は商売が苦手だ」と言っていた諭吉さんの、実業家としてのとてつもない才能がありありとわかる貴重なエピソードである。

桜並木の下で

そもそも学校はなんのためにある?

「桜が綺麗だな」

「そうですね」

「元、初めて『桜』で話した日、『学生は本来学ぶことが使命』と話したことを覚えているかい?」

キャンパスに満開になった桜を見上げながら、諭吉さんは僕にそう聞いた。

「もちろんです」

「では学生は何のために学ばなければいけないと思う？」

「えっと、それは学ぶためにというか、何というか…、何のためですか？」

「学生が学ぶ理由、それは社会に出ても学び続けるための基礎体力を身につけるためだ」

「基礎体力ですか？」

「そう。社会に出てからも人は学び続けなければいけない。しかしもともと学ぶ習慣を持っていない者が、いきなり『さあ学びなさい』と言われても、なかなか難しい。それはたとえれば、それまで走ったことがない人間にいきなりフルマラソンをさせるようなものだ」

「それは確かにきついですね。でも僕は走りますけど」

「しかし最近の学生は心配だ。大学に入るまでは学び続けても、入った途端、それまでの反動で遊びに夢中になり、大学を卒業する頃にはそれまでの学びをすべて忘れてしまう人間が多い」

「僕も大学に入った後は完全にそっちのパターンでした」

「それでは本末転倒なのだ。それまでせっかく社会に出て走るために必要なトレーニングをしてきたにもかかわらず、本番がスタートしても走らないようなものだ。そうなるとそれまで蓄えた筋力も使わないまま終わってしまうことになる。まさに宝の持ち腐れだ」

「そのたとえ、とてもわかりやすいです」

「だから結局、社会に出てから実学を学んだ学歴のない人間に負ける」

「なるほど。わかる気がします」

「いずれにせよ社会に出てからも学び続けることが大切なのだが、そのためには大きく分けて学ぶ者たちがまずみっつの力を身につけなければいけないと私は思っている」

「みっつですか？」

「大きく分けてな。学ぶための基礎になる力と言ってもいいかもしれない。本当は私がこの生徒たちに伝えたいのだが、それはいまとなってはもう無理だ。だから君に伝えることにしよう」

常識を疑え

疑う力を持つ

「まずひとつめは『疑う力』だ」

「疑うんですか？」

「そう、疑うことこそが新しい進歩を生み出すのだ。だから学ぶ者はまず、この疑う力を身につけなければいけない」

意外だった。疑うことも力なのか。

「世の中はえてして、自分が信じて疑いもしなかったことが、実はまったくの間違いだったと、のちになってわかることがある」

「そういうことってときどきありますよね」

「逆に『信じられない』と思うことの中に疑いようのない真実があったりする」

「はい、それもあります」

「こうしたことがよく起こるから、自分が信じていることだけを頼りに生きていくのはとても危険なことなのだ」

「思い込みというやつですね」

「そう。**考え方、常識だけでなく、いまの自分の現状などもそう。これらを疑うことで人は新しい知識を発見することができる。逆に人は疑うことをやめると、それまでの自分が覚えてきたことだけで生きていかなければならなくなる。そうなると、当然見える世界は狭くなる**」

「なるほど。学び成長し続けるためには、疑う力が必須ということなんですね」

「そのとおりだ。しかし世の中には疑うことをせず、無条件になんでも信じ込んでしまう人が多い。根も葉もない他人の噂や根拠のないデマ、『必ず儲かる』という詐欺師の甘い言葉、怪しい占いもそう。そういったものにハマり込んで自分を見失ってしまう人たちのことだ」

そうか。そういう情報に簡単に騙されないためにも学ぶことが必要なのか。納得。諭吉さんは続けた。

「よくも悪くも日本人は空気に流されやすい。『周りがこう言っているから』『みんながやっているから』と、人がやっていることを疑いもせず、とりあえずその流れに身を任せる国民性がある」

「そうかもしれません」

「逆に今度は信じるとなると極端にのめり込み、それまで自分が信じていたことをゴミのように簡単に捨ててしまう傾向もある。いずれにせよ、日本人はこのようにバランスを失いやすい気質を持った民族であることは間違いない」

確かに諭吉さんの言うとおりかもしれない。いい意味でも悪い意味でも、日本人はそのときの空気に流されやすい気質を持っている気がする。

「実際、これまで人々が今日の文明にたどり着いた原因を考えてみても、すべては『疑う』ということから始まっている」

「例えばそれはどんな人たちでしょうか？」

「ガリレオは天文学の古い説、つまり天動説を疑って地動説を実証した。ガルバーニはカエルの足がピクピク動くのを見て、動物の体に電気が流れていることを発見した。ニュートンはリンゴが落ちるのを見て、重力につながる疑問を持った。ワットは湯気を見て蒸気の働きに疑問を感じた。これらの話はすべて疑いの道を通って奥地にある真理に到達した典型的な例と言える」

「なるほど、そうした世の中の偉大な発明は、すべて疑うことから始まったんですね」

「そう。そしてそれは日本でも同じだ。たとえれば、270年続いてきて、永遠の支配者と思われた江戸幕府の崩壊しかり。現代で言えば、『大手の会社は絶対に潰れないから、そこに入れば一生安泰』という根拠のない世間の思い込みなどもそう」

「最近はそうした風潮は薄くなってきている気がしますが」

「そもそも会社も生き物である以上、必ず倒産という『死』の可能性は潜んでいるにもかかわらず、人はそういったまやかしのようなことを安易に信じてしまう。1980年代のバブルもそう。誰もが日本の永遠の春を信じ込んでしまった」

「お姉さんたちが扇子《せんす》を持って踊りまくっていた頃ですよね。僕の母も東京に遊びに行ったとき、『あのお立ち台に上がったことがある』って自慢してました」

「そう。あの頃は土地や株の値段も上がり続けた。そしてこれらが永遠に上がり続けると無条件に信じた人たちがみな失敗した」

「そう言われると疑うということの大切さがわかります。このあたかも真実に見える虚構を『それは本当か？』と疑う人だけがその渦に巻き込まれなかったということですよね」

「よくわかってきたようだな。そしていつの時代も人間社会はそれまで多くの人たちが常識だと思っていたことを疑う人の力によって進歩してきたのだ」

疑う力を持つ。僕はこの言葉をメモしながら心に刻んだ。

適正な判断

「いつの時代もそうした学ぶ者たちが新しい説を唱え、新しい文明に導いていけたのはなぜだと思う？」

「その勇気を持っていたからでしょうか？」

「正解だ。昔の人がつくった反論の余地がない説に対して、正面から疑いをぶつける勇気を持っていたからだ」

「ここからは自分の中の思い込みや常識をいったん疑ってみることにします」

「そう。だから私は『自分はダメな人間だ』と思い込んでいる君の頭の中もずっと疑ってきたのだよ。だって君は決してダメではないから」

「ありがとうございます。その言葉は疑わなくてもいいですか？」

「当たり前だ。私が言っているのは、『ものごとをいい方向に進めるために疑う力を持て』ということだ。決してなんでもかんでも疑えと言っているわけではない。そこは理解できるかい？」

「はい、ありがとうございます」

諭吉さんはちょっと間を置いて言った。


「いまは本当に自由な世の中だ。何の心配もせず、周囲に迷惑をかけない範囲の中で、やりたいことをやればいい。ただし、人は学生、社会人、経営者、サラリーマン、フリーランス、主婦など、世間においてそれぞれの立場があり、その立ち位置によって適切な判断をする必要がある」

「適切な判断とは具体的にいうとどういうものでしょうか？」

『自分はいまどう動くべきか』『自分は本当にいまのままでいいのか？』と自分に対して

問い続けることだ。もちろんその問いに対して適切な判断をするためには、物事の道理を知らなければならない。そのために学ぶのだ。学びがないと適切な判断基準を持つことができないのだから」

自分に投資せよ

諭吉さんが授業料を徴収した理由

「君はこの慶應義塾こそが、日本で初めて毎月の授業料を徴収した学校である、ということは知っているかい？」

「いえ、知りません。というか、昔の学校って授業料がなかったんですか？」

「うん、なかった。だからほとんどの学校の学長は医者や武士、神主などなんらかの本業を持っている人たちだった。もちろん生徒の親が盆や正月に、その先生のところになんらかのお礼を持っていくことは慣習としてあった。しかし、それは収入という意味ではとても不安定なものだったのだよ」

「そうなんですね」

「そう。特に学びの分野でお金を取るなど、当時の社会では考えられなかった」

「しかし、それでは経営が成り立たないのではないですか？」

「当然だ。決まった授業料がなければ先の見通しも立たないし、講師たちにも安定した報酬を払うことができない。いつまで経っても不安定なままだ。だから私はあらかじめ授業料を設定したのだ」

「諭吉さんはこの世界のパイオニアだったんですね」

「パイオニア…、それはつまりは『開拓者』という意味だな」

「あ、そうです」

もっと大きく飛ぶために

「その授業料の話って、学ぶ者の基礎体力の話に関連があるんですか？」

「ある。**学びに必要なふたつめの力、それは『自己投資を惜しまない』ということだ**」

「それは学ぶことにお金をかけるという意味でしょうか？」

「そういうことだ。向こうの世界から見ていてずっと心配しているのは、特に最近の若者たちが無難に生きることを第一信条とし、なるべく困難な道を避け、安易な道を選ぼうとしていることだ」

「詳しくお願いします」

「例えば食事やお風呂の準備の仕方を覚えるのも学び。広く世の中全体のことを考えるのもまた学びだ。しかし、日々の家庭生活を維持する学びより、世の中のことを考えることのほうが難しい」

「ですね」

「学ぶ者たちがこの難しいことを避け、簡単なほうばかりに逃げてはいないか心配している」

「簡単なほう…」

「昔に比べると、いまの時代は学びをすぐに仕事にできる時代になった。本気で腰を据えて半年も学べば、それなりの実績をプロフィールに載せて、インターネットですぐに教育者として起業できる」

「よくご存知ですね」

「特に教育についてはずっと注意して見てきたからな」

なるほど。こういう人を根っからの教育者というのだろう。

「学ぶ者に対してこんな例を持ち出すのはよくないかもしれないが、お金の話で説明しよう。例えばある学校に入って在籍するのにかかる費用が、年間100万円ぐらいとしよう。単純に3年学ぶとすれば…」

「300万円ということになりますね」

「そう。そのお金を払って知識を仕入れ、それを元に商売を始める。そして売り上げを立てることで利益を得る、というのが教育商売の基本形だ」

「なるほど」

「しかし、もしこれを学校に行かずに自分流で適当に論を組み立て、それを商売にした場合、300万円の元手がかかっていないから、売り上げはすべて利益になる」

「投資ゼロであとはまるっと利益。すごいですね。僕もやろうかな」

「その考え方が安易だと言っているのだよ」

「すみません」

「世の中にはいろんな商売があるが、確かに元手をかけずにやればすべて利益。これほど割のいい商売は他にないだろう。ただ、私は思う。この人たちがそのお手軽さを我慢し、もし3年から5年でもしっかりとした場所で学んだとしたら、おそらくもっと高いレベルまで登っていけるのではないだろうか、と」

「論吉さんはそちらをすすめているんですね。それが自己投資」

「そう。特にいまの時代、学びの場はたくさんある。どうせなら独学ではなく、そういった場所でしっかりと学んでほしい。そうすれば学べば学んだだけ、それが将来自分の所得として大きく跳ね返ってくることになるだろう」

焦るな、まずは学びの根を伸ばせ

「あと不思議なものでな。人というのはお金をかけないと本気にはならない」

「それだけお金って、人のがんばる理由とつながっているということなんでしょうか？」

「そう。例えば人は他人から借りた本はほとんど読まない」

「あ、僕もそのクチです」

「自分の大切なお金を使うからこそ、その分を無意識に取り戻そうとする。だからがんばるのだ。そもそも自分という一番の有望株への投資をケチってどうする」

「あの、怒られるかもしれませんが、僕はそういう人たちの気持ちはよくわかります。だって、できれば目先のお金を残したいですから」

「だから私はお金を残す一番早い道、それが自分に投資することだと言っているのだ。それをせずに税金をごまかして小銭を貯めようとしたり、わけのわからない怪しい話に投資してみたり。そんなことをするより自分に投資して、一生懸命学ぶことで得られるお金のほうが何百倍も大きいというのに。そこになぜ気づかないのか。私はそれがはがゆくて悔しいのだ」

目の前を通り過ぎる学生たちを見ながら心配そうに諭吉さんは言った。

「私が生きていた頃、君が住む中津にいた友人から、こんな話を聞いたことを思い出す」

中津の友人。その響きが僕にとってはいちいち嬉しい。ところでそれはどんなことなんだろうか?

「それはまだ学びが十分ではない段階でも、生活のために社会に出ようとする人がいるということだ」

「その傾向はいまの時代でもある気がします」

「もちろん生活することは大切だ。しかし、すべての人がただ生計を立てることだけを優先し始めたとしたら、せっかく未来に大輪の花を咲かせるはずの若者が、蕾《つぼみ》のまま終わってしまうことになるではないか。それは長い目で見ると、決して世の中のためにはならない」

諭吉さんは引き続き熱く語った。

「確かに早くお金を稼ぎたくなる気持ちはわかる。しかし、**長期的な視点で家計のことを**

考えると、いま目先のお金のために無理をして早い段階で学びをやめるより、少々倹約してでも学び続け、そこで得た学びを武器にして後に大きく羽ばたかせたほうが、結果として家計はずっと楽になる」

「長い人生で考えれば確かにそうかもしれませんね。でもそう考えることがそもそも難しいんですが」

「もちろん学ぶ以上、最初はある程度の投資がかかったり、教える側に少々頼ることはしかたない。しかしその無知な状態を恥ととらえ、あくまで学ぶ間だけの一時的な措置と考え自分の原動力にして、一日も早い自立に向けて準備すべきだ」

「無知は恥…」

諭吉さんは立ち上がって僕のほうを向いて言った。

「よいか、元よ。学ぶ者は小さな目先の金や小さな成功に満足するな。志のために多少の不便さなど笑って受け入れよ。麦飯を食べて味噌汁を啜りながらでも学ぶことはできる。そしてその先に来たる未来において大きな成功を手に入れよ」

「諭吉さん、ではその一時的というのはいつ終えればいいのでしょうか。どうすれば周りからのサポートに頼らず自分の足で立てるようになれるのでしょうか」

「それはあくまで君次第だ。その期限を定め、計画することは簡単なことではない。結局は学ぶ者たちが成長し、他人の支えなしでも人生を上手に経営していけるようになる、そのときを自分の努力によって手繰り寄せるしかないのだ。その日の到来を一日でも早めること、それこそが学ぶ者たちの使命なのだ」

「なるほど、すべては自分次第、ということですね」

「そのとおりだ。学ぶ者よ、将来への希望を捨てるな。それがなくては学ぶ者はいなくなる。明日の独立、明日の幸福を夢見るからこそ、いまはたとえ少々不便であったとしてもがんばれるのだから。秋の豊作を夢見るからこそ、農家が一生懸命田植えをできるのと同じように」

人に伝える力

経験が先、学びが後

「さて、学ぶ者に必要な基礎体力、みっつめを話そう。それは**人に対して自分の思いを伝える力**だ」

「伝える力…」

「そう。人の前で話をして、自分の思っていることを人に伝える方法、これをスピーチと言う。いまの時代で言えばプレゼンテーションもそのひとつに入る」

「正直、あまり得意なほうじゃないです」

「それは君の勘違いだ。君は自分がそう思っているだけで、実はかなり伝える力を持っている。私にはそれがわかる」

「そうなんですか？」

「まだその場を持っていないだけだ」

「場とは？」

「自分の意見を発表する場のことだ」

「伝えるとはつまり現代語で言えばアウトプットですよね。それよりインプット、つまりまずは知識を吸収することのほうが大切なのではないでしょうか？」

「多くの人がそう思っている。しかし、実はそれは順番が逆なのだよ」

「そうなんですか？」

諭吉さんのこの考え方は斬新だった。普通は自分がまず知識を吸収してから発表するものだと考える。しかし諭吉さんはその逆を言う。人は発表する場があってこそ、はじめて効果的に知識を吸収することができるのだ、と。

「そのためにも**まずは『自分が発言できる場所を持つ』**ことだ。これは場数、つまり経験に勝る練習はない」

自分の言葉で伝えることができて初めて一人前

「学ぶためにやることは吸収と発表の両面があり、もちろん両方とも勉強しなくてはいけない。しかしどちらかというと、いまの学ぶ者たちは知識を吸収することに熱を上げるばかりで発表しない者が多い」

「わかる気がします」

「学びというものは本来、使ってなんぼのものだ。まずは場を決め、人前で発表して意見交換し、その成果を出版や講演など、なんらかの発表の場において広くその知見を広めてこそ、初めて本当の学びとなる」

「使ってなんぼ。メモしておきます」

「特に最近世の中にはいろんな勉強会がある。こういう場所に参加し、自発的に価値ある情報を発表したり、またそういった人からの有益な情報を受信することは、それだけで大きな学びとなる」

「そういう勉強会とかって、会社の研修以外で行ったことがないです」

「ここから行き始めればいい。まずは一日でも早く自分にとって必要な実学を教えてくれる場所を探すのだ。こうした場所には伝えるプロたちが必ずいる。流暢でイキイキとした講師の話し方に触れ、伝え方を学ぶことは君の人生において大きな宝になるだろう」

僕にもいつかそんな「場」との出会いがあるんだろうか。そのときはしっかりと伝えられる人間になっておきたい。

もちろん運命というものは僕程度の人間にコントロールできるようなものではない。「そのときがいつやってくるのか？」と問われれば、それはひょっとすれば10年先かもしれないし、明日かもしれない。それがいつにせよ、そのときは堂々と発表しよう。そう思った。

そしてその決意を伝えた。

「そうだな。君の言うとおり、運命とはいつやってくるかわからないものだ。そのときがいつ来てもいいように心の準備をしておきなさい」

諭吉さんも僕の言葉に共感してくれた。

運命は突然やってくる

三田演説館

「ワー」「いいぞー」

三田キャンパスを歩いていると、洋館の中から大きな声援が聞こえてきた。

「なんの声でしょうね？」

「さあな、ちょっと覗《のぞ》いてみようか」

その場所は三田演説館。ドアが開いていたので中を覗いてみると、私服を着た学生が一人ステージに立ち、客席側に30人ほどの学生たちがその学生の話を聞いていた。そしてその後ろの席に、オブザーバーのような人たちが学生たちの倍の数くらい座って話を聞いていた。

入り口には「ご自由にご参加ください　慶應三田弁論サークル『ＷＩＬＬ』」と書いてある。

「ちょっと入ってみようか」

諭吉さんがそう言うので、僕は何気ない気持ちで一番後ろの席に座った。隣に座っていた人に何の会なのかを聞いてみると、どうやら近々、三田演説館で行われる弁論大会の最終練習会ということだった。

その弁論サークル「WILL」は、社会人も入ることが可能なオープンサークルで、後ろに座っている人たちは、その弁論大会に出場予定の生徒の保護者、もしくはその会に入会しようかどうか考えている人たちということだった。

一人当たりの割り当て時間は10分。ステージに上がり、学生たちが社会問題や将来の夢など、おのおの決めたテーマで話をする。感心するくらい流暢に話す人もいれば、中には緊張して話せず、ステージを降りた後に悔し涙を流している子もいた。ベタな言い方になるが、「いろんな形の青春があるんだな」と彼らや彼女らの一生懸命さやひたむきさに僕は感動していた。

その場で学生たちの練習スピーチを聞くこと約30分。午前中から行われたすべての学生たちの練習が終わると、次はそのサークルの部長の女性がステージに上がり、弁論の楽しさを語った。

先ほどまで諭吉さんから「伝える力」の話を聞いていたので、彼女のその話の内容がものすごくタイムリーに僕の中に入ってきた。

魂ダイビング

内容的に彼女の話が締めに入ったことがわかった。しかしその彼女は、そこで僕たちオブザーバーたちがまったく想像しない結末に話を持っていった。

「今日は私たちから提案があります。後ろに座っている保護者の方、このサークルへの参加を考えていらっしゃる方の中から一名だけステージに上がっていただく方を募集します。ぜひ弁論の楽しさを実際に体験されてみてください。では挙手をお願いします！」

しーん。親はもちろん、オブザーバーたちも突然のことだったので、みんな面食らっていた。当然手など挙がるはずがない。

うん、この企画にはちょっと無理があるだろう。そう思って眺めていると、なぜか僕の手が勝手に挙がった。

〝あれ？　俺、挙げてないのに〟

僕はなぜ自分の手が挙がっているのかがまったく理解できなかった。

「あ！　一番後ろに座っているお兄さんから手が挙がりました！　みなさん拍手でお迎えください！」

パチパチパチパチパチ。会場に拍手が鳴り響く。僕は頭が真っ白になった。

「え？　あ、いや、そうじゃなくて」

僕の声はその拍手にむなしくかき消された。すると心の中で聞き慣れた声がした。


「元、運命だ。ステージに上がりなさい」


見渡すと諭吉さんがいない。

「諭吉さん、どこにいるんですか？　ちょっとやばいんですけど」

「いま私は君の中にいる」

「ちょ、ちょっと何わけのわからないこと言ってるんですか？　ふざけないでくださいよ」

「これを魂ダイビングと言う。私は君に乗り移った」

僕の体は自分の意志と無関係に立ち上がり、足が勝手にステージに向かって進み始めた。

ノリのいい学生たちがさらに大きく拍手をする。

「すみません。ちょっとだけ考える時間をいただいていいですか？」

あまりにも唐突だったので、ステージに上がるとすぐに、僕はそのサークルの部長にそう言って、いったんステージの袖に引っ込ませてもらった。僕の緊張を理解してくれた部長はその間、ステージで場つなぎの話を始めた。

脳内トーク

ここからは諭吉さんと僕との脳内での会話である。

脳内元　「諭吉さん、何やってるんですか。まじ笑えないんですけど」

脳内諭吉　「こんなときこそ笑うんだ」

脳内元　「いや、無理です。無理無理。そもそも何を話せばいいんですか？」

脳内諭吉　「私がこれまで伝えたことをそのまま伝えればいいではないか」

脳内元　「いや、そんなことを言っても心の準備が」

脳内諭吉　「さっき『そのときがきたら堂々と伝えます』と言っていたではないか」

脳内元　「……」
脳内諭吉　「大丈夫。10分などあっという間だ」
脳内元　「いや、でも突然すぎますよ」
脳内諭吉　「よし、わかった。では私が代わりに話そう。君はただ私に任せてくれたらいい」
脳内元　「え？　そんなことできるんですか？」
脳内諭吉　「できる。だっていま私は君の体に乗り移ってるのだから。それにしても肉体的な制約があるとは不自由だな。あー、魂だけでよかった」
脳内元　「いや、そういう呑気なことは後にしてください」

「あの、そろそろいかがでしょうか？　心の準備はできましたか？」

部長がステージの袖に来た。

「あ、すみません。あと1分だけください」

そう言うと、その部長は、

「わかりました。コツはリラックスですよ。ところでお名前をお聞きしていいですか？」

脳内諭吉　「元、『福澤諭吉です』って言っていいぞ」

諭吉さん、あなたドSですか。いまは黙っていてください。僕は心の中でそう叫んだ。

「あ、ふく、じゃなかった。中西元と言います」

「ありがとうございます。中西元さんですね」

部長は僕の名前を再度確認し、にこっと笑ってまたステージに戻った。

我を抜くということ

脳内諭吉　「元」
脳内元　「はい」
脳内諭吉　「深呼吸して力を抜こう」
僕は諭吉さんの言われるままに深呼吸をした。
脳内元　「…本当に任せていいんですね?」
脳内諭吉　「今回はしかたない。ただこういうときに緊張しないコツをひとつ教えよう。
こういう土壇場のときのほうが学びが入るからな」
脳内元　「早くお願いします。時間がないので」
脳内諭吉　「うまく話そうとするな。うまく話そうとするから自分に意識が向く。そうするとどうしても人は緊張する」

脳内元　「わかりました。じゃあどうすればいいんですか？　手短に教えてください」

脳内諭吉　**「ただ目の前にいてくれる人たちがよくなってくれることだけに集中して話しなさい。そうすれば自分の我が抜けて、君の思いが自然と人に伝わる」**

脳内元　「わかりました。次からはそうします」

脳内諭吉　「よし、ではいこう」

つかみは上々

「あ、準備できましたね。それでは中西元さんの登場です。みなさま、愛のある大きな拍手でお迎えください」

「ワーいいぞー」

「中西さん、ファイト！」

部長の司会に合わせて会場から学生たちの声援が上がる。

〃しまった。こんなことなら中津人会のときみたいに酒でも飲んでおけばよかった〃

そう後悔しながら僕は諭吉さんにすべてを任せた。

脳内元　「諭吉さん。頼みますよ」
脳内諭吉　「おお、任せておきなさい」

拍手がおさまり、僕（諭吉さん）は話し始めた。

「みなさん、こんにちは。福澤諭吉です」

しーん。一瞬、間が開いた。その間わずか0コンマ数秒。しかしその一瞬が僕には永遠に感じられた。

脳内元　「まじで言いましたね。もうほんとキレそうです」
脳内諭吉　「怒るなよ。冗談冗談」

しかし僕の苛立ちとは裏腹に、会場に大爆笑が起こった。
「中西さん、一発目から面白い！」
「つかみさいこー!!」

脳内元　「あれ、ウケてますけど」
脳内諭吉　「だから任せろって言っただろうが。さあ、つかんだところで本番行くぞ」

「みなさん、こんにちは。中西元と申します。福澤諭吉さんの出身地である大分県の中津市からやって来ました。まずはじめにこの場を下さった『ＷＩＬＬ』のみなさまに感謝申し上げます」

どよめきと同時に、また大きな拍手が起きた。

「今日は『僕が福澤諭吉さんから学んだこと』というテーマでお話しさせていただきます。10分という限られたお時間ではありますが、みなさまどうぞよろしくお願いいたします」

「福澤諭吉さんの教え」、そのテーマに学生たちの目の色が変わった。

脳内元　「やっぱりうまいですねー」
脳内諭吉　「当たり前だ。私はプロだ」
脳内元　「諭吉さん、みんな真剣になりました」

脳内諭吉　「当たり前だ。ここは慶應だぞ。ここでは私はカリスマなのだ」
脳内元　「なんか楽しくなってきたんですけど」
脳内諭吉　「さっきまで文句ばっかり言ってたくせに」
脳内元　「すみませんでした。ちょっとテンパっちゃって」
脳内諭吉　「話す邪魔になるから君はもうひっこんでいなさい」

「みなさん、諭吉さんが『学問のすすめ』で一番伝えたかったことって知ってますか？実は『天は人の上に』ではなかったんです」

脳内元　「みんな驚いてます。最初の僕と同じ反応ですね」
脳内諭吉　「うるさい。集中できない」

「『一身独立して一国独立す』。実はこれこそが諭吉さんの一番伝えたかったメッセージなんです」

学生たちはうなずいてメモを取りながら、食い入るように話を聞いていた。さすがアンテナの高い慶應生たちだ。そのリアクションのよさに、いつの間にか僕は諭吉さんと一体化して話しているような錯覚におちいった。

そしてさすが諭吉さん。「お話がすばらしいので5分追加でお願いします」、部長がそうカンペを出した。

なぜか僕も乗ってきてしまった。

人生で初めてもらった大歓声の中で

あっという間に時間は過ぎ、気がつけば残り1分。僕（諭吉さん）は若者たちに向けて全力で学ぶことの大切さを伝えて話を終えた。

気がつくと、多くの学生、そしてオブザーバーたちが涙を流しながらスタンディングオベーションをしてくれた。

ふと会場を見渡すと、僕の中にいるはずの諭吉さんが、なぜか一番後ろの席でうなずきながら拍手をしている。

あれ？　なんで諭吉さん、後ろにいるんだろう？

そう不思議に思いながらステージを降りると、学生たちが僕の周りに集まってきた。「感動しました！」「中西さん、勇気をありがとうございました！」「僕、学びます！」僕はこれまでの人生の中で一番の声援と感謝の言葉をもらい、三田演説館を後にした。

気分は上々。諭吉さんが話したということはわかってはいるが、そのおかげで擬似ヒーロー体験をさせてもらうことができた。

同時に僕は人に伝えることの大切さ、楽しさ、そして諭吉さんが言っていた「場」の大切さを身をもって知ることができた。

気がつけば時間は15時半を過ぎていた。

第9章

君よ、もっと大きく、自由に生きよ

麻布十番という町

三田お散歩昔ばなし

慶應義塾大学の東門を出て、僕たちはふたたび東京タワー方面へ歩いた。

「この道は私の散歩コースだった」

「そうなんですね。毎日どれくらい歩いていたんですか？」

「1時間半くらいだな」

「すごっ、そんなに歩いてたんですか？」

「健康第一だ。人間にとって一番大切なものはまず健康であることだ。丈夫な体がないと、学ぶこともできない」

「なるほど。ところで諭吉さん、その手に持っているのはなんですか？」

「これはドラだ」

「ドラ？」

「そう。慶應義塾の周りには、塾生たちがたくさん住んでいた。このドラを鳴らしながら塾生たちを起こしてまわることから私の1日は始まる。毎日4時前に起きて家族や弟子たちと歩くのが私の日課だった」

「起こすんですか？」

「そう。だって一人で歩くのは寂しいではないか」

「…」

めちゃくちゃ迷惑だ。もともと朝が弱い僕は慶應義塾の塾生じゃなくてよかった。心の中でそう呟いた。

麻布十番

「赤羽橋」と書かれた大きな交差点のひとつ手前の角を左折し、10分ほどまっすぐ歩いて行くと、「麻布十番」という駅に着いた。

麻布十番。この名前はテレビで何度も聞いたことがある。セレブや芸能人たちが食レポなどで美味しそうなお店を紹介するときに、よく出てくる有名な町だ。通りにはそれまで僕が見たことのないような高級車がまるで展示会場のように路上駐車をしている。諭吉さんと僕は、駅からつながる石畳の通りを歩いた。

「麻布十番って商店街があるんですね」

「そうだな。ここの商店街は面白い。とても古くからある店と、時代の最先端のお店が混在しながら立ち並ぶ、なかなか風情のある町なのだよ。例えばここの『更科《さらしな》』という蕎麦屋なんかは200年以上続いている」

「200年！　すごい。ところで諭吉さん、この麻布十番商店街って長いんですか？」

「500メートルくらいはあるんじゃないか？　商店街を抜けると六本木ヒルズやテレビ朝日が見えてくる」

おお、さすがは東京。テレビの中で見る名前がどんどん出てくる。

「ではここからそこに行くんですか？」

ちょっとワクワクしながら僕は聞いた。

「いや、行かない」

「あ、そうなんですね」

「それより麻布十番の名物を買いに行こう」

「名物ですか？」

「君は『およげ！たいやきくん』を知っているかい？」

「いえ、知らないです」

「そのモデルとなった鯛焼きの店だ」

諭吉さんと僕は麻布十番で100年以上続いているという「浪花家総本店《なにわや》」で鯛焼きを買い、その足で網代公園《あみしろ》という場所に行った。そこは、たくさんの子どもたちと、その姿を見守るお母さんたちであふれていた。

桜咲く網代公園にて

「今回の旅では本当にいろんなところを回ったな。大満足だ」

桜が満開の網代公園。そのベンチに座って鯛焼き（湯気）を食べ、元気に走りまわる子どもたちを眺めながら、諭吉さんはそう言った。

「この1週間で僕、3キロ太りました」

「でも表情はとても明るくなったな」

「そうですかね？」

確かに言われればそうかもしれない。

僕はこの1週間、信じられないくらいいろんな体験をした。「人生観が変わる」という言葉をたまに聞くが、僕にとって、まさにこの期間はその言葉以外に表現できるものがなかった。諭吉さんの教えのおかげで、多くの気づきや反省、そして新しい考え方を学び、未来に対する期待感がどんどん大きくなっていった。

「元、ここからは人として大切なことを伝えよう」

「人として、ですか？」

「そう。学びについてはたくさん話してきた。しかし、**人はただ学び、知識をつけるだけではうまくいかない。人格も学びと同じくらい大切なものだ。このふたつが両輪となって同じバランスで回り始めることによって、君の人生は大きく前に進むことになる**」

「人格とは人間力ということでしょうか？」

「そう。学びが『どう知識をつけるか』だったとしたら、人間力は『どう生きるか』と言ってもいい。君がここから生きていく中で心がけておくべき大切なことを教えよう」

「ありがとうございます。ちょっと待ってくださいね」

僕は途中まで食べかけた鯛焼きを全部ほおばり、携帯を出した。

人望のある人であれ

信頼はやがてブランドになる

「『人望』という言葉を聞いたことはあるかい？」

「はい、あります。『あの人は人望のある人だ』っていうやつですよね」

「そのとおり。**『あの人は信頼できる』『彼に任せれば安心だ』『彼なら必ずやり遂げるだろう』。人柄を評価され、多くの人にそう信頼される人のことを『人望のある人』という。私は君にそうした人望のある人になってほしいと願う**」

「人望…、それって身につくものなんですか？」

「もちろんだ。人によってその人望には大小があるが、もし君が人や社会から大きな仕事を任されたいと願うなら、常日頃、誠実に仕事をし、人から信頼される人間にならなければいけない」

「はい、がんばってみます」

「この人望とはブランドとも言える。例えば有名な百貨店の品なら『ここの品だから大丈夫だろう』と人はその品質を注意深く確かめずに買う。メルセデス・ベンツは少々高くても、そのブランドを納得して買う。村上春樹が新刊を出せば『面白くないはずがない』と本を開かずに表紙を見ただけで買う人もいるだろう」

「確かに」

「これはまさにその屋号に絶大な信用があるからで、それゆえに、ますます商品が売れていく。人も同じだ。人望とは『あの人なら間違いない』という信用、つまりブランドなのだ」

すべてを偽物と決めつけてかからない

「ブランド…、確かにそうなれればそれに越したことはないんですが…」

「どうした？　なにか引っかかるのかい？」

「はい。諭吉さんの言うことに異を唱えるわけではないんですが、質問してもいいですか？」

「もちろんだ。大切な部分だから疑問に思ったことは遠慮なく聞いてくれ」

あらためて諭吉さんからその言葉をもらったことで、僕は遠慮なく質問をすることにした。

「あの、世の中ってそれほど実力がなくても、表面を飾るのが上手なだけで人望を得ている人は少なくない気がするんですが、それってどうなんでしょうか？」

「もちろんそういう人はいるだろう」

「はい、例えば会社の建物だけを立派にして大流行りしている会社とか、ド派手な看板や広告を出しているだけで大儲けしている人とか。これも人望と言えるんでしょうか？」

「もちろん玉石混交。世の中には、こうした本物と偽物が混じり合っているから、どれが本物なのかを見分けるのは難しい。そうなると『人望』という言葉そのものが怪しいものに思えてしまうかもしれない」

「はい、実はそのとおりなんです」

「こんなことがよくあるから、『人望など求めない人のほうが尊い人間だ』という見方が流行ってしまうのだ。私はそれでも君に人望を求めることをあきらめないでほしいのだ」

「あの、人望って求めたほうがいいんですか？　自然とついてくるような気がするんですが」

「君が言うように、人望や名声をあえて求めないことが、学識、人格ともに優れた人として褒め称えられる一要素になっていることは間違いないだろう」

「はい、そのほうが人として魅力的な気がします」

「確かにそういう面もあるかもしれない。しかし物事は、そうした一面的な見方だけでいると、大切なことを見落としてしまうことがある」

「大切なこと？」

「その人の人望を判断する前に、まずはその名声がどういうところから生まれているのかをしっかりと調べておく必要がある」

「諭吉さん、例えば、もしその名声がどこから調べても偽物であったとしたら、どうすればいいですか？」

「そういう場合はもちろん避けて通ったほうがいいだろう。しかし、だからと言って、世の中で人望や名声を得ている人をすべて偽物だと考えてしまうと、君がすばらしい人と知り合える機会を逃してしまうことになる」

「そうなんでしょうか」

「そう。世の中には必ず本物がいる。そこを判断せずに何でもかんでも避けるというのは、君が成長するきっかけを減らすことになってしまう。これは長い目で見て、君が学びを得る上で大きな損失となる」

周りを喜ばせるために人望を身につける

「私は積極的に『人望』というものを身につけることをすすめる。自分のためというより、むしろ人のためにも」

「人のためですか？」

「そう。君が人望を持つ人になれば、それだけ多くの人を喜ばせることができるようになる」

「その理由を聞いてもいいですか？」

「もちろんだ。例えば君が人から何かの贈り物をもらう場合を想像してみてほしい」

「はい、そのシーンは想像できました」

「そこに二人の人間がいるとしよう」

「はい、二人ですね」

「一人は君が尊敬してやまない人、そしてもう一人は君があまり価値を感じない人」

えっと、では尊敬する人は諭吉さんにしよう。そしてもう一人は、えっと、あ、あの嫌な上司にしよう。

「二人は同じモノを君に贈ろうとする。君が尊敬してやまない人からもらうのと、君があまり価値を感じない人からもらうのと、どう感じる？」

「同じモノとは思えません。前者からもらったモノのほうが1000倍嬉しいです」

「そうだろう。同じ贈り物でもその価値はまったく変わる。それはわかるかい？」

「はい、ものすごくよくわかります」

「それが人望の力なのだよ。人望があればあるほど、人に与える喜びは大きくなる」

「なるほど、そのための人望なんですね」

「モノだけではない。言葉も同じことが言える。誰からその言葉をもらうかで、その価値はまったく変わる。人望がある人から励まされれば、人はさらにがんばれる。逆に人望のない人からいくらよいことを言われても、その言葉は心には響かない。むしろ余計なお世話に感じてしまうかもしれない」

「なるほど、諭吉さんが『あえて人望を求めよ』と言われた意味はよくわかりました。ではこの価値を与える人になるためには、具体的にどんなことを意識して生きていけばいいのでしょうか？」

「ちょっと詰め込みになるが一気に伝えよう。疲れていないかい？」

「はい、大丈夫です。お願いします」

どうしたんだろう？　諭吉さん、今日はいつもより駆け足だな。何か用事があるのだろうか。僕は諭吉さんのその様子が気になっていた。

感じのいい人間であれ

いつも笑顔を忘れず、上機嫌で生きよ

「まずひとつめ。それは表情と話し方に気を配るということ」

「表情と話し方ですか？」

「そう。**人はみな、他人との関わりの中で生きている。人から好かれるか、嫌われるかで人生は大きく変わると言っていいだろう。だからこそ人に嫌な印象を与えないためには、最低限、自分の表情と話し方には気を遣うべきなのだ**」

「笑顔でいる、ということですね」

「もちろん笑顔は人と向き合う上で一番大切なものだ。しかしそれだけではない。身体の使い方も含めて表情と言う」

「姿勢ということですか？」

「そう。例えば人と会ったとき、身体をすくめてニヤニヤしているとどんな印象になる」

「なんか卑屈な感じがします」

「では口先だけ上手く見せ、相手に対してお世辞やおべっかで媚びを売ったりするとどうなる？」

「信用できないです」

「そうだろう。これらは絶対にやってはいけない。ではこれはどうだ？　眉間に皺を寄せて、苦虫を噛み潰したような表情をした人」

「ものすごく近寄り難いです」

「そうだろう。無愛想な表情、常に喪に服しているような暗い表情、これらもすべていい印象は与えない」

「ただ、寡黙な人って見方によってはなんかかっこいい気もします。その人に重みがあるというか」

「それは古くから日本にある間違った美徳だ。昔、日本には『沈黙は名誉、笑うは軽薄』という言葉があった」

「沈黙は名誉、笑うは軽薄…」

「そう。この言葉には、本当はもっと深い意味があるのだが、後の世の人間たちの間違った解釈のせいで、言葉の表面的な意味だけが勝手に一人歩きし、『笑っている人は人間が軽く、余計なことを言わない人間こそが尊い』というおかしな考え方が定着したのだ」

「おかしな考え方ですかね？」

「そもそも仏頂面するというのは、相手に対して気配りができていない証拠だ。柔和で温かい表情を意識し上機嫌を保つのは、人としての義務のひとつで、人間関係においてはもっとも重要な要素だ」

「わかりました。常に感じのいい表情を意識します」

「人の表情というのは、家でたとえれば玄関のようなものだ」

「玄関…」

「そう。君がここからいろいろな人と交流を持ち、多くの人に集まってもらうためには、まずはこの玄関をきれいにし、門戸を開け、人が近寄りやすい雰囲気をつくることだ。玄関が散らかっている家には運が寄り付かない」

「そうなんですね。ここからは意識して、表情だけでなく、家の玄関もきれいにするように心がけます」

「玄関と同じく、人は表情のいい人の周りに集まる。にもかかわらず人と交流するとき、表情に気を遣わず、わざと人格者を演じようとして仏頂面をする人がいる。これは、たとえれば家の玄関に骸骨をぶら下げ、門の前に棺桶を置くようなものだ。誰がこんな家に近づくだろうか」

「あはは、それ面白いたとえですね。でもそんな家があったら一度行ってみたいです」

話し方を学ぶことは現代人の実学である

「人とうまく心を通じ合わせるためには『いかに話すか』を学ぶことも大切だ。人は話し方で心を通じ合わせる生き物なのだから」

「話し方。確かに大切ですよね」

「表情と話し方。このふたつは切っても切り離せない。人間関係において、適切で感じのよい言葉を使って相手と心を通じ合わせる力を磨くことは、とても重要なことだ」

いい表情とコミュニケーション能力。僕は携帯にそうメモした。

「いま君が記録しているそのコミュニケーション能力は、現代人における必須実学と言えるだろう」

そうか。これも実学のひとつなのか。

「先ほど言った『沈黙は名誉、笑うは軽薄』、こんな観念をいつまでも引きずって、なんの努力もしないのは大きな間違いだ」

「笑顔は相手に対する配慮なんですね」

「そう。表情と話し方、君にはこのふたつをないがしろにすることなく、むしろ人間社会で生きる者としてのひとつの義務と考えて、常に頭の片隅に置き、忘れないようにしてほしいと私は思う」

出会いを大切にする

広く世の中と交われ

「人望の条件ふたつめ。それは新しい友人を増やすということ」

「友人……」

「そう。**人生をよりよいものにするためには、多くの人と活発に交流することだ。**互いを尊重し、自由に発言し、それぞれが自分の可能な範囲の中で最大限相手に協力する、そういう関係は必ず君の人生をプラスに導いてくれる」

「それができるのはもちろん自立した人ということですね」

「それが望ましい。依存ばかりする人をいくら集めても、君が大変になるだけだ」

「確かに。でもその関係をつくるには、僕自身も自立していないと成り立たないということになりますよね」

「よくわかったな。元、すごいじゃないか」

「ありがとうございます」

そう言いながら、僕はついにやけてしまった。

「世の中には『類は友を呼ぶ』という言葉があるのは知っているよな？」

「はい、似たモノ同士という意味の言葉ですよね」

「そう。似たモノ同士は不思議なくらい引き合う。ということはつまり、君が自立していれば、当然自立した人たちと出会えるし、逆にいつまでも何かに依存して生きていると、当然周りにも依存体質な人たちしか集まって来ないということになる」

「深いですね」

「いずれにせよ、そのように自立した人とのつながりは何とも心地のいいものだよ。ところで君には親友と呼べる人間はいるかい？」


親友。いるといえばいる。幼い頃からなんでも話し合える同級生たち。それとは別に、諭吉さんからそう聞かれてふと美桜の存在が頭に浮かんだ。

でも美桜は女性だ。僕は男だし。これって親友って呼べるのだろうか、どうなんだろうか。ふとそんなことを考えた。

「いるといえばいます」

「何人？」

えっと美桜はあえて入れないとすれば…

「3人です」

「それは何人出会った中の3人かな？」

「どういうことでしょうか？」

「君はいままでどれだけの人と出会ったと言える？」

「ほとんどは同級生でした。300人くらいでしょうか」

「そう考えれば、君が親友と出会える確率は、100人に1人ということになるな」

「そうですね」

「例えば100人の人と会って、1人の親友ができたのであれば、単純計算すれば500人と出会えば5人、1000人と出会えば10人の親友を得ることができる」

「そういうことになりますね」

「世の中にたくさんの友人がいるということは、君が生きていく上で有利になるし、人生

がうまくいっていないときは支えになってくれる。いずれにせよそういった存在は、君にとっての宝になることは間違いない」

「でもそのたくさんの出会いの中には、意地悪な人や気が合わない人も必ずいますよね。なんだかそう考えると、出会いを増やすのが億劫《おっくう》になります」

「確かに世の中にはいろんな人がいる。もちろん中には波長の合わない人もいるだろう。しかし他の多くの人たちは鬼でもなければ蛇でもない。必要以上に警戒したり遠慮したりするのではなく、自分の興味関心を素直にさらけ出して、さらっとつきあえばいい」

一番純度が高い情報は本場にある

諭吉さんは続けた。

「特にここからの時代は、情報が君の人生を大きく発展させる鍵になる。有益な情報の集まる場所を見つけ、自ら積極的に足を運びなさい」

「そういう場所ってどこにあるんでしょうか？」

「それはいまの私にはわからないが、あえて言えるとすれば『本場』を見つけることだな」

「本場？」

「そう。本場とは、つまりブランドと言われる場所のことだ。**最先端の情報は常に本場に**

あると考えて間違いはないだろう」

「本場とは、つまり『○○と言えばここ』と言われる場所と考えていいですか？」

「そう。例えばたこ焼きなら大阪が本場だし、マグロといえば大間」

「博多ラーメンなら博多ですね」

「そう。からあげで言えば君の住んでいる中津だし、出版と言えば東京ということになる」

「なるほど、そういうことなんですね」

「そしてその**情報は、山の上から水が流れるように、いつも上流から下流に流れる。下流にいると、いろんな人の思いや歪曲された解釈などが混じる。ということは、下流にずっといても、不純物混じりの汚された情報しか手に入らないということになる。だからもし君が純度の高い情報を手に入れたいのなら、自らが上流に足を運んでいくしかない**」

本場。いまこの瞬間、僕は中津の人間だ。どこをどうやってその本場にパイプをつくればいいのだろうか？　そしてそれ以前に、本場に情報を取りに行くと言っても、そもそも何から始めればいいのか、僕にはまったくわからなかった。

そのことを伝えると諭吉さんはこう言った。

「本当に最先端の情報が欲しければ、まずは本場にいる人とつながればいい。いまの時代

はそういった人たちとつながる方法など、本気で探せばいくらでもある」

確かにそのとおりかもしれない。

「わかりました。ではもうちょっと突っ込んで聞きます。世の中にはいろんな人がいますよね。その中で、どんなタイプの人たちと出会えばいいでしょうか？」

「そうだな。できれば自分と傾向の似た同じ分野の人とだけ交わるのではなく、さまざまな分野の人と関わるといい」

「さまざまな分野の人…。なんかそれって疎外感を覚えそうな気がするんですが、大丈夫でしょうか？　僕、基本的に人見知りなほうなんですが」

「人にはじめて会うとき、君が『この人っていい人かな、悪い人かな』と相手に不安を持つように、相手にとっても君は不安な存在なのだよ」

「なるほど。そう考えると、少しだけ新しい人と出会う抵抗感が減ります」

「自分も他人も同じように天と地の間にあり、同じ太陽に照らされ、同じ月を眺め、海を共有し、空気を共有し、同じように泣いたり笑ったりしながら生きている同じ人間なのだよ」

諭吉さんもいまを生きる僕たちのように、泣いたり笑ったりした人間だったのだろうか。あまりにもすごい人すぎて、僕にはまったく同じ人間とは思えないけれど。

成功の扉の鍵

実際にいま目の前の公園で、相手を選ばずに混じり合い、ともに無邪気に走りまわる子どもたちの純粋さに、かつての自分を重ねながら僕はいろんなことを考えていた。

諭吉さんはちょっと間をあけて言った。

「くれぐれも人を毛嫌いしたり、先入観だけで選んだりすることなく、可能な限り、**出会う人すべてを大切にする気持ち**を持つことだ」

「出会う人すべて…」

「そう。誰が君の成功の扉の鍵を持っているのかは、出会ってすぐにはわからない。頼りにしていた人が、フタを開けばまったくその鍵を持っていなかったり、逆に何の期待もしていなかった人が、君の人生を大きく変えるきっかけをくれるかもしれない。ということは人を大切にすればするほど、君の人生の成功確率は上がるということにならないか？」

「確かにそのとおりかもしれません」

「君が人望を得るためには、誠実で正直な行動を続け、言葉遣いや見た目にも注意を払い、広く人々と交わること。人望を得ることで、君は個人としても社会においても、大きな役割を果たすことができるだろう」

「ありがとうございます。自分の殻に閉じこもらずに、新しい出会いを大切にします」

「それでいい。新しい価値観を持った人たちとの出会いで君の視野は大きく広がる。世の中は広い。君がいま自分の頭だけで考えているその何十倍、何百倍、いや、それ以上にもっと魅力的な世界がある」

「なんかワクワクしてきました」

「私が生きたときもそう。君が生きているいまの世の中でもそう。いつの時代も人は、他人との出会いを通して新しい世界を知っていく。人と出会うということは、つまりは君がさらに学び、そして人望のある人になる機会を増やすということだ」

「出会いが人生を広げる。そういうことなんですね」

「そう、新しい物語は、常に新しい出会いから始まるのだよ」

上には上がいることを忘れず、常に学び続けよ

天狗にならないために覚えておくべきこと

「人望を得るために大切なこと。ひとつめが表情と話し方、ふたつめが出会い。他にもあったら教えてください」

「元、いいぞ。積極的になってきたな」

「諭吉さんのおかげです。欲しいものは自分から取りに行くと決めたので」

諭吉さんは僕の顔を見守るようにしばらく見て言った。

「人望の条件、みっつめは**学び続けることを忘れない**ということだ」

「学び続ける…」

「そう。学びに終点はない。学び続ければ人は死ぬまで成長できる」

学びに終点はない。諭吉さんのこの言葉が深く僕の心に刺さった。

「諭吉さん、常に学び続けることを忘れないようにするためには、どうすればいいのでしょうか？」

「それは君が**いまの自分よりさらに上にいる人と出会い、その人と自分との差の原因を突き止め、より高い段階を目指して具体的に行動していくこと**、これに尽きる」

「いまの僕より上ならたくさんいるので大丈夫です」

「そこは胸を張って言うところではないよ」

そう言って諭吉さんは笑った。

「これから先、例えば君が何かの分野で成功したとしよう。その時点で、君は世の中がすべて自分の思いどおりになるような万能感に包まれ、誇らしい気持ちになるだろう」

一度はそう思えるところまで行ってみたい。そう思った。

「しかしその成功というものは、結局は一時的なものでしかない。『成功する』ことと『成功し続ける』ことは、似てはいるがまったく別物だと言える」

「どうせなら成功し続けたいです」

「だったらいっときの成功におごることなく、そこを新しいスタート地点にしてさらに学び続けることだ」

はっきりとした実感はなかったが、確かに一時的にうまくいく人と、うまくいき続ける人とでは、そこで満足してしまうか、さらに学び続けるか、そこが分岐点になっているような気がする。

「多くの人はなぜ天狗になってしまうんでしょうか？」

「それは**現在の視野が、しょせん、いま自分の見渡せる範囲止まりだからだ。そのままだと、やがて成長は終わる。小さな成功に満足し、うまくいっている一部分だけを、うまくいっていない他人と比較すれば、自分が劣っている部分の課題が見つからないのは当たり前のこと。**それゆえ勘違いしてしまうのだ」

「なるほど。だからこそ広く世の中を知ることが大切なんですね」

「そのとおり。広く世の中を知ることで、小さな自分の成功など決して誇るに足らないものだということがわかるはずだ。世間は広い。世の中、上には上がいる。そこを常に念頭に置いて、君はすぐさま次の目標を立て、歩き始めなければいけない。下ばかりを見て、現状に満足している暇などない」

「はい、そのことを肝に銘じます」

自分を変え続ける

「繰り返すが、君が精神的にも経済的にも幸せな人生を送りたいのであれば、やるべきことはひとつ。常に学び、自分を成長させること。成長とはどういうことかわかるかい？」

「昨日の自分より、今日の自分、今日の自分より明日の自分がよくなっていることです」

「そのとおりだ。しかしもっと簡単に表現できないかい？」

もっと簡単に？　えっと、一行でまとめるとすれば…。うーん、出てこない。

「では言おう。**成長とはつまり『自分を変え続けていくこと』**だ」

「自分を変え続けていくこと…」

「そう。時代は大きく変わる。昨日まで必要とされたものも、一夜にして不要なものになることだってある変化の時代だ。その変化に対応し、変わり続けていくことができる者のみが、変わらぬ安定を手にすることができる。もう一度言う。学び成長するということは、変わり続けていくということなのだ」

学び続けよ。変わり続けよ。僕はその言葉をメモして星印をつけた。

「元、どんなにうまくいっても、逆にうまくいかなくても、それまでの過去はすぐに捨てよ。人生はいつもいまが出発点だぞ」

人生はいつもいまがスタートライン。

僕は諭吉さんの言葉を現代風にアレンジしてメモをした。そしてこの言葉はいまでも僕の大切な言葉のひとつとして常に心の中に置いている。

君よ、憧れられる人になれ

憧れが人を導く

「元、たった一人でもいい。人から憧れられる人間になれよ」

遠くを見ながら諭吉さんが言った。

「それはさっき言われた人望とも通じますか？」

「限りなく似てはいるが、厳密に言うと人望と憧れは少し意味合いが違う。人望とは信用される人になるということ。憧れとは『あの人みたいになりたい』と言われる人のことだ」

「ということは、まずは僕がしっかりとした結果を出すことが必須条件になりますよね」

「そうだな。現にいまこうして、私が君に伝えることができるのは、生前、私自身がそこに挑戦をしたからだ」

「挑戦とは？」

「まずは自分が遅れている人たちの先頭に立つという覚悟を持つ。そして自分たちのいる場所から学問を広げ、事業を行い、本や新聞を通して、自分に許される最大限の自由の範囲でできることをやろう。その思いから私は出版社や慶應義塾をつくったのだ」

「すごいです。すごいとしか言いようがないです。それに比べて、僕はまだまったく何もできていません」

「何を言っている。君はまだここからだ」

その言葉になぜか泣きそうになってしまった。

「人は最終的には理論より憧れで動く。『あの人みたいになりたい』、そう思えたとき、人は初めて動き始める。だから君が目指すべきなのは、まずは自分がやり方を示し、そのイメージを人に持ってもらうことだ」

「まだ自分が何をやりたいのかも決まっていないので、いまはまったく自信がありません」

「憧れられる人になりたくはないか？」

「…なりたいです」

「ではそれでいい。具体的に何をするかは別として『人から憧れられる人になる』、そう決めればいいだけだ」

「僕にそうなれるでしょうか」

「なれる。そもそも、何事もやってみなければわからないではないか。まずは君が行動を起こし、成功の手本を見せることだ。そうすれば感じた人たちが必ず動き始める」

次世代は優秀で当たり前

憧れられる人…。具体的にはどうすればそうなれるんだろうか。僕は諭吉さんにその方法を質問した。

「まずは自らが憧れの人を持つことだ」

諭吉さんは即座にそう言った。

「自分はここから、誰を目指し、誰のような功績を残したいと思うのか。自分の手本を決めよ。そして一日も早くその人物に近づけるよう学びを深めるのだ」

「あの…、そういう人ならもういます」

「そうか、それならよかったではないか。その人に学び、その人を追い抜け」

どうしよう。言うのもおこがましいけど言ってみよう。笑われてもいい。

「あの、僕、諭吉さんみたいな人になりたいです。諭吉さんが僕の人生の憧れです」

ちょっとポカンとした後、諭吉さんは真顔になって言った。

「元、それは志が低い」

「ひ、低いですか?」

「うん、私なんかはさっさと超えていけ」

「さらっと言わないでくださいよ。そんなの無理に決まってるじゃないですか」

「そうしなければ時代は進化しない。100年のちの世に生まれた君が私を抜けないなんて、そもそもおかしなことだ」

「どういうことですか？」

「私たちの頃といまとでは時代が違う。学びのレベルも、世の中の便利さも何から何まで。そもそものスタート地点が違うのだ」

「意味がよくわからないんですけど」

「世の中の進化という点から考えると、そもそも前時代の人間と後から生まれた人間はスタート地点が違う。前時代が１００メートル手前からスタートしているとするならば、君たちは50メートル手前からスタートできるのだ。ということは、同じ速度で走ったとしたら、前時代の人間より先にゴールして当たり前なのだ」

「いえ、それは理屈としてはそうかもしれませんけど」

「君は私程度で終わるな。本来次世代は優秀であるべきだ。それこそが人類の進化なのだから。私のやったこと程度に甘んじることなく、後の世代の人はもっと遠くにゴールを設定しなければいけない。そうやってもっと先まで人類を導くのだ」

　やばい、なんで僕は悲しくもないのに泣きそうになっているんだろうか。オーバーな言い方になるかもしれないが、おそらく諭吉さんの熱い言葉が僕の魂に響いているのだろう。

自分程度なんかさっさと超えていけ。僕もいつか次世代にそう言えるかっこいい人間になりたい。心からそう思った。

「いつの時代も世の中は前時代の土台を踏み台にして進化する。そこに気がついた者たちが、まずは自らの身をもってその力を示すのだ。他に依存することなく、自らの力で活動を展開し、人々に実例を見せることが必要なのだ」

「実例…」

「そう。その実例、つまりお手本の出現が世の中を変える。『こんなことをできる人がいるんだ』『自分にもできるかもしれない。がんばってみよう』、そう人に思わせることができる人の存在が必要なのだ」

「…」

「ではその実例となる人は誰か？　それは実学を学び、日常においてその知恵を存分に発揮している者に他ならない。日本人を前進させ、自立に導くためには、ひとつの細胞である学ぶ者たち一人一人の決意と覚悟が大切なのだ」

「君は日本の細胞だ」中津城の公園地のお堀跡の上で、諭吉さんからそう言われた言葉を思い出した。

いつかいまの自分を笑えるときがくるまで

「元」

「はい」

「私が次世代を生きる君に望むことはひとつ」

諭吉さんが僕に望むもの。それはいったい、なんだろうか？

「つまりは君が偉大な仕事人、偉大な実業家となれ」

「偉大って、そんな…」

「前にも言ったように、**君たちはみな、国の一部であり、国の細胞だ。国が大きすぎると感じるならば地域でもいい。どんな組織でも、それは小さな一人の思いから変わり始める。そしてその意識を持った人が増えれば増えるほどこの国は発展する**」

「諭吉さん、でもそれって勇気がいりますよね」

「もちろんだ。それには勇気がいる。できることなら人は楽をしたい生き物だからな。時代の流れに流されることなく、意思を持って前に進むというのは、ときには向かってくる濁流に逆らいながら泳がなければいけないようなときも必ずある。それには相当な覚悟がいる」

「その覚悟はどうすれば身につくんでしょうか？」

「それは実践することでしか備わらない。だから君は現実社会の中でいろんな経験を積み続けながら、口先だけではない、実行力を備え持った本物の勇者となるのだ」

勇者。なりたい。心から。まだまったく自信はないけれど。

だってそれを諭吉さんが、憧れの人が僕に託してくれたんだから。僕の心の中に小さな光が灯ったのはまちがいなくこの瞬間だったと言っていい。

「いつかの未来、今日のこの話を振り返ったとき、『あのときはレベルが低かったなあ』と笑い飛ばしながら酒を飲めると楽しくないか？」

「はい。そうなりたいです。いえ、必ずそうします」

にこっと笑って諭吉さんはうなずいた。そしてふたたび子どもたちを見ながら言った。

「いま、この日本は閉塞感に包まれている。しかし、逆に時代はすごい速度で動いている。その速度は私たちが生きた江戸や明治の速度の比ではない」

「はい。速度だけはもっと速くなっていく気がします」

「そう。だからいまがチャンスなのだ。元、時代は君のためにある。そう考えよ。ときはいまだ」

一呼吸置いて、諭吉さんは僕のほうを向いて言った。

「元、私は君をはじめ、すべての学ぶ者たちに伝えたい」

「はい」

『**どうせやるなら日本一になれ。農家になるなら日本一の大農家となれ。商売をするなら日本一の大商人となれ。教育事業をするなら日本一の教育者となれ**』、となー

日本一。うん、なる、なれる。絶対何かで日本一になってやる。僕はそう心に誓った。

諭吉さんは立ち上がり、桜を見上げて言った。

「元よ、大きく学び、大きく生きよ」

諭吉さんが僕を選んだ本当の理由

善福寺《ぜんぷくじ》

気がつけば網代公園の時計は17時を指していた。それまで遊んでいた子どもたちは、それぞれがお母さんに手を引かれて徐々に公園からいなくなり、桜の木に夕陽が差し始めていた。

諭吉さんと僕は公園を出て、麻布十番の商店街の逆方向に歩いて行った。コンビニを越え道路を渡って、その途中の角を右に曲がり、なだらかな坂を登っていく。その道のつき当たりには大きなお寺があった。

そのお寺の門の手前にある石柱には「麻布山《あざぶさん》善福寺」と彫られていた。お寺につながる階段の前で立ち止まり、諭吉さんは言った。

「元、ここでお別れだ。この1週間、本当に楽しかった。礼を言う」

「え？」

僕は諭吉さんが何を言っているのかが、一瞬よくわからなかった。

「私の役目はここまでだ。君との旅は今日、ここで終わる」

「ちょ、ちょっと待ってください。諭吉さん、何言ってるんですか。突然すぎます」

「大切なことは全部教えた。あとは君がやるだけだ」

嫌だ。ここでお別れなんて、あまりにも突然すぎる。

「嫌です。まだ一緒にいてください」

諭吉さんは首を振った。

「せっかく覚悟を決めたんです。ここからも隣にいていろんなことを教えてください」

諭吉さんはふたたびゆっくりと首を振った。

「さっき向こうの世界からお呼びがかかった。実は私が君のそばにいられるのは、『君が自立の覚悟をし、その一歩を踏み出せるときまで』と決まっていたのだ。私が向こうから呼ばれたということは、君がその試験をクリアできたということだ。私はもう帰らなければいけない」

「あ、あの…、じゃあ僕に魂ダイビングしてください。ここから先も、せめて声だけでも聞かせてくださいよ」

「君はもう大丈夫だ。私はいつも君のことを見守っている」

「僕一人では無理です。嫌だ！」

合格通知

ちょっと困った顔をして諭吉さんは言った。

「さっき私は君に魂ダイビングをした。そして君は立派に話した」

「あれは諭吉さんが話したんじゃないですか」

「違う。私が君に乗り移ったのは最初の一瞬だけだ。実際にその後は脳内での会話はしなかっただろう？」

〝そう言われれば言葉が聞こえなかった。一瞬って、あの後は僕が話したのか？　だから諭吉さんは一番後ろの席にいたのか？〟

僕の心の声が聞こえたのだろうか、諭吉さんは何も言わずにうなずいて言った。

「君が話し終わったあの瞬間、私のもとに天からの合格通知が来たのだ」


なんとなくその日、特に慶應義塾大学を出てから、諭吉さんが僕に詰め込むように話をし始めたように感じていた。そうか、合格通知を受け取っていたんだ。だから諭吉さんはたたみかけるように僕に大切なことを伝えようとしていたんだ。

いくらルールって言ったって、そんなの納得いかない。そもそも俺、そんなこと聞いてないし。

その合格通知を出した誰だかわからない人の存在を僕は恨んだ。諭吉さんの立場や言っていることが頭ではわかったものの、感情が追いつかない。

「これでやっとあの人に恩が返せる」

諭吉さんはぼそっと呟いた。

「あの人?」

「そう。私を救ってくれた人だ」

「誰ですか? それって僕に関係がある人ですか?」

ふたたびうなずいて、諭吉さんは言った。

「その人への恩返し。それが私が君のところに降りてきた一番の理由だ」

福澤諭吉暗殺計画

「最後に話をしよう」

諭吉さんは善福寺の門へと続く階段に座り話し始めた。僕は立ったまま諭吉さんの話を聞いた。

「いまから150年以上前の1870年。母を東京に連れて行くために私が中津に戻った話はしたよな」

「はい、『中津留別之書』を書かれたときですよね」

「そう。いくら江戸幕府が終わったとはいえど、人の心はそんなに簡単には変わらない。

その頃はまだ幕末の意識が人々に残っていた」

その後の諭吉さんの話はこうだった。

江戸時代が終わるきっかけとなったのは、１８５３年、アメリカ艦隊が神奈川県の浦賀沖にやってきたことだった。当時鎖国していた日本は、このときの提督であるペリーの開国要求により、国内の意見が大きく真っぷたつに割れた。片方は、「外国を打ち払え」という攘夷《じょうい》派《は》、そしてもう片方は、「外国に門戸を開き、外交を始めることが得策である」という開国派。このふたつの派による抗争が各地で勃発し、その争いはその後、十数年間絶えることはなかった。

結局、力ずくとも言える外国からの圧力により、日本はなかば強制的に開国させられることになる。このことをきっかけに急速に力を失っていった江戸幕府は、１８６７年、政権を天皇に返した。そしてこの大政奉還の翌年、時代は明治となった。

諭吉さんが中津に戻った明治3年（１８７０）。

その頃は、中津にも行き場を失った攘夷派の志士たちがいた。彼らにとって東京の地で慶應義塾という英学塾をつくっていた諭吉さんは「開国派」の筆頭のような存在だった。

「あの売国奴の福澤が中津に帰って来ている。時機を見て斬るべし」

攘夷派の志士たちはそう誓い、いつかいつかとその日を待った。しかし、その日がいつなのかは、具体的に決まってはいなかった。

そのように自分が命を狙われていることなどつゆも知らなかった諭吉さんは、母、お順さんを東京に連れていく予定の前日、中津の隣にある宇島港の近くの宿を取り、そこに泊まった。不運なことに、その宿の主人が何と攘夷派の一人だったのだ。

その情報を得た攘夷派の志士たちは、僕が通った南部小学校の校区にある、当時下級武士たちが多く住んでいた「金谷《かなや》」という場所のある家に集まった。

「俺が福澤を斬る」「いや、俺だ」と夜中まで志士たちの騒ぐ声がそこらじゅうに響き渡った。その声に気づいた隣に住んでいたある男が彼らの元に行き、「暗殺などやめておけ」と彼らを諫めようとしたが、いっこうに収まる気配がない。

しかし、その男に志士たちは逆らえなかった。なぜならその男は剣術の師範をやっていて、彼が本気になれば自分たちなどはひとたまりもないことを知っていたからだ。

結局、その男は自らの刀を抜くことはせず、剣ではなく言葉で彼らを説得しているうちに夜が明けてしまった。そしてその朝早く、諭吉さんとお順さんを乗せた船は出港し、暗殺計画は未遂に終わったのだった。

「その男性って…？」

「中西与太夫《よだゆう》さんという方だ」

「中西？」

「そう、君の先祖にあたる」

「僕、まったくそんな人は知りません」

「それはそうだろう。君より6代も7代も前の人だから、知らないのも無理はない」

「ではその人への恩返しとは？」

「私が天寿を全うできたのは、そのとき与太夫さんが命を救ってくれたおかげだ。もしあの日、与太夫さんが彼らを止めてくれることがなかったら、私は『学問のすすめ』を書くことはなかったし、まだできたばかりの『慶應義塾』や『福澤屋諭吉』は解散になっていただろう。当然、世の中に多くの人材を輩出した慶應義塾大学も生まれることはなかった」

「それで僕のところに来たんですか？」

「そう。その中西与太夫さんが一番心配していたのが君だったからな」

「会ったこともない子孫なのにですか？」

「先祖とは、いつの時代も現世で生きる子孫たちのことを心配しているものだよ」

ふたたびあの場所で君を待つ

君が立てば、国が立つ

「もう日が暮れる。そろそろ時間だ」

「どこに行くんですか？」

「この善福寺だ」

「なぜここに？」

「ここに私の墓があるからだよ」

「え？　諭吉さんのお墓ってこのお寺の中にあるんですか？」

「そう。だから気が向いたら会いに来てくれな」

「…」

「元、そんな情けない顔をするな」

「そんなこと言われても理不尽すぎますよ。突然やって来て突然さよならなんて。僕、この感情をどうすればいいんですか？」

自分がワガママなことを言っていることはよくわかっている。しかしこのどうしようもない感情をどうコントロールしたらいいのか、僕にはまったくわからなかった。諭吉さんはちょっと困った顔をして言った。

「君が私の向こうで住んでいる場所に来ればいい。そこでまた酒を飲もう」

「それってあのご先祖委員会の中津人会ってことですか？　あそこって日本のために功績を残した人しか行けないんですよね。そんなのいまから僕が慶應義塾に入ることより遥かに難しいですよ」

「そんなことはない。君ならできる。さっき誓いを立てたんだろ？」

僕は何も言い返せなかった。


「元、最後にもう一度言う。ここから先、君がどんな仕事をしようが、どんな人生を選ぼうが、常に満足することなく学び続けよ」

「…はい」

「いいか、『独立自尊』、『自主自由』の精神を大切に生きるんだぞ」

「…もうわかってます」

「君が立てば国が立つ、君が自立すれば国が自立する」

「『一身独立して、一国独立す』ですよね」

諭吉さんはにこっと笑ってうなずいた。

「ここからも私は引き続き君の成長を楽しみに見ている。与太夫さんと、中津人会のみんなと応援しているよ」

「その与太夫さんって中津人会にいるんですか？」

「もちろんだ、私を救った功績でな」

「あの日、いませんでしたよね」

「実はあの会の中にいたんだよ」

「そうなんですか？　まったく声をかけてくれませんでしたよ？」

「『自分が元と話すと余計なことを言ってしまいそうだから』と言って一番端の席から君を見ていた。君が中津音頭を歌っていたとき、与太夫さんは泣いていたよ」

「…」

「いいか、元、ご先祖さんに恥じることなく生きるんだぞ」

「諭吉さん…」

「では達者でな」

「諭吉さん！」

諭吉さんは僕のほうを振り返らず、善福寺の階段を上がり、中に消えて行った。

僕はしばらく善福寺の参道で一人立ち尽くしていた。

こうして諭吉さんと僕の7日間の旅は終わった。

最終章 サクラサク

中津・福澤記念館にて

時代をつくった中津の偉人たち

翌日、2024年4月9日の朝、僕は一人で東京から中津に帰った。到着後、日の出町商店街を歩き「桜」の前を通った。

店の中ではいつものように母が一人で仕込みをしていた。僕はその姿をいっとき見ていたが、1週間前、ケンカをしたことがいまだ気まずく、あえて店には入らなかった。そのままいったん家まで帰り、特にすることもなかったので車で中津の街を回ることにした。ドライブの途中、ふと目に入った本屋に立ち寄った。自分にとっての実学を探すためだ。オーバーかもしれないが、店に入ると、書店に並ぶ本たちがまるで「私があなたの実学だよ」と僕に話しかけてくるようだった。

人は学ぶ意味を知ると、ここまで景色が変わるのか。そのときの僕にとっては、本屋の中が宝の山に見えた。もちろんそんな感覚は人生で初めてだった。

さすがは中津の本屋。それまではまったく気づかなかったが、よくよく見ると、諭吉さんのコーナーがある。僕は『学問のすすめ』と『福翁自伝』を選び、レジで会計をすませ、その本屋を出た。

いまでも現実味がない諭吉さんとの出会い、旅、そして別れ。この不思議な7日間のことを頭の中で振り返りながら僕は車を走らせた。気がつくと車は福澤旧居に着いていた。

「そういえば、記念館って入ったことがなかったな」

そう思い立ち、チケットを買って中に入る。

福澤記念館に入ってすぐの入り口付近に「日本で一号の一万円札」と書かれた紙幣が2枚並んで飾られていた。そうか、これが諭吉さんが新紙幣の肖像になったときの〝一万円札〟か。それにしても2期連続ってやっぱりすごい人だったんだな、とあらためて思いながら記念館の1階を見て回った。

その記念館の資料の中には諭吉さんから聞いていない話もたくさんあった。僕に教えてくれたのはほんの一部だったのだと、諭吉さんの人生の濃さをあらためて感じさせられた。

2階に上がると僕は言葉に詰まった。その入り口に掲げられている肖像画が、日本ご先祖委員会中津人会で僕に一番よくしてくれた、あの朝吹さんだったのだ。朝吹さんの説明にはこのようなことが書かれていた。

朝吹英二（1849年〜1918年）

豊前国下毛郡宮園町（現在の大分県中津市耶馬渓町大字宮園）生まれ。日田の咸宜園や中津の渡辺塾、白石塾に学ぶ。尊王攘夷思想に染まり、維新後の1870年（明治3年）開明派の福澤諭吉暗殺を企てるが未遂。その後、福澤の魅力に引き込まれ、弟子入りし、慶應義塾出版局で大活躍をすることになる。さらには、三菱商会支配人、貿易商会取締役、カネボウ株式会社専務取締役（後に相談役）、三井呉服店専務理事、東京商工会議所特別議員、王子製紙会社取締役、後に専務、そして取締役会長、芝浦製作所監査役、帝国軍人後援会理事、三井家同族会事務局管理部理事、堺セルロイド取締役、泉橋病院理事兼評議員、三井合名会社参事、三井銀行監査役、三井物産取締役、恩賜財団済生会理事兼評議員などを歴任していくことになる。明治時代における「三井の四天王の一人」と言われた。

朝吹さんってそんなにすごい人だったのか。しかも諭吉さんを暗殺しようとしたと書いてある。でも僕が会ったときは、諭吉さんに心酔していたよな。その成り行きを想像するとちょっと笑いそうになってしまった。他にもご先祖委員会でよくしてくれた幹事さんたちの写真と名前がずらっと並んでいた。

小幡篤次郎（1842年〜1905年）
慶應義塾塾長、貴族院議員。欧米留学し、憲法草案をはじめ、諸制度を手掛ける。終始福澤諭吉を補佐し、福澤に次いで慶應義塾社中の尊敬を集めた。中津市学校初代校長。

濱野定四郎《はまのさだしろう》（1845年〜1909年）
福澤が中津の子弟6名を江戸に呼び、慶應義塾に入学させたうちの一人。のちに慶應義塾の初代塾長になる。中津市学校では小幡篤次郎の後の校長を務める。

中上川彦次郎（1854年〜1901年）
明治期の実業家であり、母は福澤諭吉の姉。慶應義塾で洋学を学び、中津市学校の英語教師をした後、イギリスに留学。帰国後、時事新報主筆、山陽鉄道を創設し、のちに三井に入り、三井銀行理事を経て、三井財閥の基礎をつくった。「三井中興の祖」と呼ばれる。

和田豊治（1861年〜1924年）
明治、大正の実業家、貴族院議員。中津市学校に通ったのち、慶應義塾に入り、卒業後、アメリカの甲斐商店に勤務。帰国後、富士紡績で活躍し、のちに社長となる。郷里の中津に和田奨学資金をつくった。

小幡英之助（1850年〜1909年）
明治時代の歯科医、近代歯科の先駆者で、日本における歯科医師免許第一号。慶應義塾に入り洋学を学び、のち横浜で歯科を学ぶ。第一回の開業医免許試験に合格し、新制度における国内初の歯科医師となる。

すごい。中津人会のときは一生懸命走りまくっていたから、単なる幹事役だと思っていた。まさかあの人たちがそんなにすごい人たちだったとは。他にもたくさんいる中津から生まれた先輩方一人一人の功績を見ながら僕はひとり感動していた。
そして2階の一番奥には「福澤山脈」というコーナーがあり、そこには明治の近代日本をつくった数多くの経済人たちの写真が並んでいた。
この人たちはみな、諭吉さんの元で学び、世の中でその教えを実践し、大実業家になった人たちばかりだった。その中には日本で初めてハヤシライスをつくったと言われる丸善の早矢仕有的さんの写真もあった。

福澤諭吉という一人の人間がいたことで、いったいどれだけの人たちが世の中に飛び立ち、どれだけの人が幸せになったんだろう。明治を代表する教育者、啓蒙思想家福澤諭吉のすごさをまざまざと感じさせられた。

「本当にありがとうございました。必ず僕も後に続きます」

諭吉さんとその先人の方々の写真の前で深く頭を下げ、僕は福澤記念館を出た。

先人から相続された大いなる遺産

意志を継ぐもの

16時。記念館を出て駐車場に停めた車の中で僕はいろんなことを考えた。

親から相続されるものを「遺産」と呼ぶ。具体的にそれは土地やお金、家財などの物質的なものだから、時代が過ぎればそれらはやがて跡形もなくなる。

しかし、文明の遺産は違う。これは世の中で生まれた価値を、後の世に生きるすべての人たちに引き継ぐことであるから、そのスケールは親からの遺産相続など比べものにならない。

世界が始まった頃、人の知恵はまったくないに等しかった。生まれたての赤ちゃんがまだ何も知らないのと同じように。しかしやがて誰かが知恵を得て、モノや機械をつくり、それを引き継いだ人たちがさらに改良を加えて進化させていく。気づいていようがいまいが、僕たちはみな、その恩恵の上にいまこうして立っているのだ。

時代は進化する。それはすべて過去からのタスキリレーで成り立っている。ではこの大いなる価値の継承は誰にお礼をしたらいいのか？

それは日光や空気がただで手に入るのと似ていて、誰かが所有しているものではない。ただただ昔の人たちのおかげだと感謝する以外にない。

もし唯一彼らにお礼をする方法があるとすれば、僕たちもその人たちと同じように世の中のために努力し、受け継いだ恩を次世代へと送っていくことだ。後に続く人間はみな、先人たちの遺産をさらに進歩させ、さらに後世に引き継ぐ責任がある。

学ぶ者たちは、一日でも早く、この遺産に気づき、受け継ぎ、感謝し、そして次世代の進歩の先頭に立つべきなのだ。

そんなことを目をつぶって考えていると、一本の電話が鳴った。美桜からだった。

「もしもし、もしもし、元ちゃん？」

「うん、美桜どうした？」

いつもの明るい美桜の声ではなかった。明らかに動揺していた。

「…元ちゃん、いまどこ？　まだ東京？」

「いや、中津に戻ってきたよ。いま福澤旧居」

「そうなの？　じゃあすぐに中津市民病院に来て！」

「病院？」

「…なつみママが…倒れた」

「え？」

もう一人の大切な先人

しまった。さっき帰ったとき声をかければよかった。そういえば確かに母は最近調子が悪そうだった。でもそこまでとは。それまでの余韻などどこかに吹っ飛んだ僕は、そのまま中津市民病院に車を飛ばした。

「オカン、まじごめん」

道中、母との思い出が頭を何度もよぎりながら、15分後、僕は中津市民病院に着いた。

「私がもっと早く気づけばよかった」

母の緊急処置が行われている病院の処置室の前にあるベンチソファに座り、美桜はそう言いながら、顔に手を当てて泣いていた。

「美桜、大丈夫だから。オカンは強いから大丈夫」

そう言って僕は美桜の背中をずっとさすり続けた。俺が泣いたらダメだ。しっかりしないと。そう思って必死で気を張った。

30分後、処置室から先生が出てきた。その人の名札には「大森」と書かれていた。

僕と美桜は先生に駆け寄った。

「あの、大森先生、母は…」

何が起きても絶対に動揺しない。そう決めていたが、先生の顔を見るとその誓いはどこかに吹っ飛んでいた。先生は僕に聞いた。

「息子さんですか？」

「はい」

「そちらの女性は妹さん？」

「えっと、まあそんなもんです。身内です。それより母は？」

身内じゃないと言えないのか？　僕は一瞬心が凍りそうになった。

不安になる僕に、先生は穏やかな笑顔で言った。


「お母さんはもう大丈夫ですよ」

「え？」

「過労です」

「命は…」

「別状はありません。しかしかなり継続的に無理をされてきた検査結果が出ているので、大事をとって入院させましょう」

「ほんとですか！　あーなつみママよかった」

隣で美桜が元気な声を出したが僕は逆に声が出なかった。

神様、諭吉さん、大森先生、ありがとうございます。心の中で僕はそう叫んだ。

それと同時に僕は緊張の糸が切れ、先生と美桜の前で思わず号泣してしまった。

前略、オカン、さま。

母への報告

病院に西陽が差してきた夕方、母が目を覚ましたと看護師さんから言われ、僕は病室に入った。

その30分ほど前、予約の準備のため、美桜は店に戻った。

「なつみママが無事で元気出た！　今日はひとりで店を回してやる！」

そう言ってさっそうと廊下を歩いて行く美桜は、いつものたくましさを取り戻していた。

病室に入ると、母は僕の顔を見て言った。

「元、ごめんね。心配かけたね」

「何言ってんだよ、オカン。俺のほうこそ気づかなくてごめん」

「諭吉さんはいるの？」

「え？　なんでオカン知ってるの？」

「美桜ちゃんと民謡のおばちゃんから昨日聞いたよ。まあ何となく気づいてはいたけど」

「なんでわかった？」

「あの日、店で携帯で話しながらご飯を食べてる姿を見ておかしいと思ってたよ。あんた昔から嘘は下手だったからね」

「うん、ごめん。ところでオカン、美桜とおばちゃんが言ったことって信じてるの？」

「当たり前じゃない。美桜ちゃんもおばちゃんのこともちろん信じてるけど、それ以上に私はあんたのことを一番信じてるよ」

「オカン…、この前はごめん」

「いや、私も悪かったよ。ごめんね。もうちょっと優しく話さなきゃね。昔からあんたは反抗しない子だったから、それに甘えちゃってたね」

ダメだ。やっぱりオカンには勝てない。まだまだ俺は小さい。そう思った。
「それより元、よかったね。でも諭吉さんはなんであんたを選んで来てくれたんだろうね？」
「あ、オカン、その理由はね…」

僕は諭吉さんが僕のところに来た理由、そしてこの7日間に起きたことを夢中で母に話した。母は「そう」「へー」「すごいねえ」と合いの手を入れながら、僕の話を楽しそうに聞いてくれた。ある程度話が終わると、母はまた眠りについた。もうすぐ面会時間が終わるし、美桜一人に店を任せるわけにはいかない。店に戻らないと。

母の寝顔を見ながら、僕は会社を辞めることを決めた。「桜」を継ぐ。それが母が僕に残してくれた遺産なのだから。

僕はベッドの横にあったメモ帳に、母へのメッセージを残して「桜」に向かった。

前略、オカン、さま。

いままでがんばってくれてありがとう。
俺、ここから本気でがんばるからこれからは少しゆっくりしてな。

最低でもあと
50回は、春一緒に桜を見ようね。約束。
あらためて25年間、本当にありがとう。

草々
元

その日、ダメ桜に一輪の花が咲いたと美桜から聞いたのは、それから数日後のことだった。

エピローグ

麻布十番にゆっくりと夕陽が差し込み始めた17時半、元とライターの丸山ひな子は善福寺にある福澤諭吉の墓前にいた。

ひな子の目は腫れ、化粧は何度も剥がれてファンデーションを塗り直した跡がついていた。


「丸山さん、大丈夫ですか？」

「中西社長、もうダメです。私、人生観変わりすぎました」

「諭吉さん本人に話を聞くと、もっと変わると思いますが。力不足ですみません」

墓に供えられていた花を差し替えながら元はひな子にそう言った。

「そんなことないです。ここまでお時間いただいて本当にすみません」

「こちらこそ、長い時間、一生懸命聞いてくれてありがとうございます」

「やばい、思い出したらまた泣けてきた」

「あはは。丸山さんって感情表現が豊かですね。今日一日、ずっと泣いたり笑ったりで、僕も思わず話に力が入ってしまいました」

元がそう言うと、ひな子はハンカチで顔を拭いて言った。

「私、ふだんそんなに泣かないんです。クール女子を目指してますから」

「そうですか。そのクールな部分もまたいずれ見せてくださいね」

「はい、必ず」

線香を上げ、お参りをすませた元とひな子は、善福寺を出て参道をゆっくり下りながら話した。

「ところで中西社長、あのマンションに住んでいる理由って……」

ひな子は元がそのすぐ裏にあるマンションに住んでいる理由を聞いた。

「はい、いつでも諭吉さんのお墓に花を供えることができるように、と思って」

「やっぱり」

「とは言いながら、つらいときはいつもこのお墓の前に来て愚痴ってばかりなんですけどね。あはは」

「その後、諭吉さんは中西社長のとこには降りてきていないんですか？」

「はい、残念ながら一度も」

「あの、今日の朝、『ある会に入ることが夢』って言われていたのは、日本ご先祖委員会の…」

「はい、中津人会のことです。いまでこそ東京に住んではいますが、僕は中津の人間なので」

「中西社長なら必ず入れます。私が太鼓判を押します」

「ありがとうございます。夢を叶えられるようがんばりますね」


「あ、パパだ！　パパー」

善福寺の参道を下り、麻布十番の通りに差し掛かろうとすると、二人の女性に連れられた子どもが声をかけて駆け寄ってきた。

「お、とら、終わったのか？　入学式どうだった？」

「うん、僕、がんばったよ。友達もできた」

「そうか、えらかったな」

「あの、社長、この子って…」

ひな子が元に聞いた。

「あ、僕の子です。今日、慶應の幼稚舎の入学式だったんです」

「そうだったんですか。こんにちは、ぼくお名前は？」

ひな子は膝を曲げて元の子どもにそう聞いた。

「中西虎之介です。6歳です」

「えーそうなの。えらいねー。隣の赤ちゃんは妹？」

「うん、ももちゃん」

「そうなの、かわいいねー」

「うん。ときどき泣いてうるさいけどかわいい」


「あ、丸山さん、紹介します」

元が少し照れ臭そうに二人の女性を紹介した。まず元が最初に紹介したうば車を引く年配の女性は母のなつみだった。

「あ、お母さんなんですか。初めまして、ライターの丸山ひな子と言います」

なつみは優しそうな笑顔で一礼をした。


「えっと、こっちは妻です」

「丸山さん、はじめまして。夫がお世話になっております。中西の妻の美桜と申します」

いまは元の妻となった美桜がひな子にあいさつをした。

「えー、美桜さん、若い。しかもめちゃくちゃ可愛いじゃないですか！　会えて嬉しいです。私、美桜さんの大ファンなんです。中西社長、美桜さんとご結婚されたんですね。早くそれを教えてくださいよ」

ひな子がそう言ったのは本音だった。実物の美桜はひな子が想像していた何倍も綺麗でしかも小柄だった。

「あ、いや、そうですか。そこまではちょっと言おうかどうしようかと…」

「なんで元ちゃんが照れてるの。丸山さん、嬉しい。いきなりそんなこと言われたら、私丸山さんのことめっちゃ好きになっちゃう。ねえねえ、今度二人でご飯行きましょうよ」

元の妻になっても変わることなく、美桜は元から聞いたとおり、いや、それ以上の人なつっこさと魅力を持っていた。

「はい、喜んで！」

「よし、じゃあさっそく連絡先を交換しましょ」

「おい、美桜。それは突然すぎだろう。丸山さん、ごめんね」

「いいえ、死ぬほど嬉しいです。ぜひ近々。美桜さん、私のことひなって呼んでください」

「ひなちゃんね、オッケー」

美桜とひな子は元を飛び越し、あっという間に仲よくなった。元はその日の取材からのいきさつを、なつみと美桜に簡単に話した。

「ひなちゃん、元ちゃんの話、驚いたでしょ」

美桜が笑って言った。

「いいえ、感動して泣きっぱなしでした」

「そうなの、ひなちゃん純粋なんだねー。あ、元ちゃん、予約18時からだからそろそろ」

「あ、そうだね。丸山さん、すみません。今日、虎之介の入学祝いでお店を予約してて」

「あ、大丈夫です。お時間とらせてすみません。みなさん楽しまれてくださいね」

「ひなちゃん、ゆっくり話せなくてごめんね、また連絡するね」

「はい、美桜さん待ってます。ではお母さん、また。中西社長、今日は本当にありがとうございました！」

「丸山さん、こちらこそ。今度はぜひセンチュリー出版のオフィスに遊びに来てくださいね。さ、とら、行こう」

「うん、お姉ちゃんまたね。バイバーイ」

虎之介はひな子にそう言って手を振り、元は一礼して虎之介の手を引いて歩き始めた。

諭吉さん、僕はここからも学び続けます。
いつかあなたのいる場所にたどり着けるまで。
時代過ぎ、一万円札変われども、福澤諭吉の意志は滅びず。
心からの感謝を込めて。

敬具

中西元

それから一年後。東京都港区三田にある雑居マンションの一室。

建物こそ新しくはないものの、東京タワーが綺麗に見えるその部屋の中は、今日も賑やかだった。


「あの原稿、締め切りいつだっけ？」

「今日の午後上がってきます」

「オッケー、できたらすぐゲラ入りね」


「編集長、来月出る本のタイトルをみっつに絞ったので見てください」

「わかった。いまから今度初めてやる著者と打ち合わせだからその後でいい？」

「お願いします」


「編集長」

「あーうるさい。ちょっと待って。なに？」

「あの、携帯が鳴ってます」

その女性編集長は手に持った資料を机で軽く揃えた後、携帯に転送している事務所宛の電話を取った。

「はい、お電話ありがとうございます。センチュリー出版の丸山です」

あとがき　拝啓、読者様。

飲食店の経営をしながら、そのかたわらで本を書き始めて14年の月日が経った。この本を含め、これまで35冊の本を書き下ろしてきた。それらの中で企画を思い立ってから実際に書き始めるまで、そして執筆期間も含めて一番時間がかかった本が、この『拝啓、諭吉様。』だった。

2010年、僕の初めての本が出版されたとき、友人が企画してくれたパーティーの席で、「まずは中津一、そしてやがては日本一の著者になります」と僕は宣言した。するとその話を聞いていた人から「永松さん、ということは福澤諭吉さんを超えるということですね」と言われてがく然とした。

そう、この本のメンター役であり、歴代日本一の大作家である福澤諭吉さんが僕の住む町、中津にはいたのだ。

中津一ということは、イコール諭吉さんを超えなければいけないということになる。どう考えてもそれは難しい。ということで考えた結果、「そうだ、あえて競うんじゃなくて、中津の大先輩の力を借りればいいんだ」と自分勝手に解釈し、その発想から生まれたのがこの本の企画だった。

そして『拝啓、諭吉様。』というタイトルだけは、このときのパーティーの席で決まった。

しかし実際、地元中津で諭吉さんの足跡をたどり、さまざまな文献を読み、福澤諭吉という人物の偉大さを知っていけばいくほど、企画を出発させる勇気がどんどんなくなっていった。「いくら地元の後輩だからといって、諭吉さんのことを伝えるには大きな資格が必要だ」という責任の重さが自分の中でどんどんのしかかってくる。こうした理由から、この本だけはどうしてもスタートに踏み切ることができなかったのだ。


令和6年（2024）5月のとある日、そんな僕のところに、すばる舎の編集長である上江洲安成さんと、営業副部長である原口大輔さんが、とある資料を持ってきてくれた。

それは令和元年にすばる舎から出した『人は話し方が9割』という本が、令和元年から令和6年までの累計売上部数において、小説、実用書、ビジネス書、新書、すべてのジャンルを含めた書籍の中で日本一になった、というデータをプリントした紙だった。

その日、すばる舎御用達の池袋にある「和《なごみ》」という店で急遽行われることになった小さな祝勝会の場で、上江洲さん、原口さんが、

「永松さん、明治ナンバーワン書籍が福澤諭吉さんの『学問のすすめ』、そして今回、同じ中津出身の永松さんが書いた『人は話し方が9割』が令和ナンバーワン書籍になったこ

とで機は熟しました。『拝啓、諭吉様。』、そろそろ書き始めましょう」

二人がそう背中を押してくれたおかげで、やっとこの本を書く覚悟が決まった。

そこからの3ヶ月は僕が想像したものとは全く違った。「絶対にこの執筆は苦しいはずだ」とある程度の覚悟を決めていたのだが、現実はそれとは裏腹に、信じられないくらい楽しかった。

主人公の元とは違い、僕は実際には諭吉さんと会ったことがない。しかし、諭吉さんと元、そして二人を取り巻く人たちがすぐそばにいて、僕も元と一緒に諭吉さんから『学問のすすめ』を学んでいるような、そんな不思議な感覚になった。

元が葛藤するときは僕も葛藤し、元が未来に希望を持てたときは僕も同じくワクワクした。諭吉さんと元が別れるときは、不覚にも涙を流してしまった。それくらい『拝啓、諭吉様。』の世界の中に没頭できた3ヶ月だった。

同時に今回この企画を通して諭吉さんのことを調べ執筆に向かう中で、一番大きく感じたことがある。それは「縁」というものの不思議さだ。

僕は昭和49年、中津市に生まれた。僕が生まれたこの年、日本には約3300の市区町村があったらしい（いまは合併してだいぶ数は減っている）。その膨大な数の町の中で、たまたま諭吉さんの故郷である中津市に生まれたこと。諭吉さんと同じ校区で過ごしたこと。諭吉さんがつくった中津市学校の跡地にできた南部小学校に通ったこと。諭吉さんも聞いた中津祇園の囃子の中で育ったこと。

執筆中、その奇跡とも言える恵まれたご縁に、何度も感謝が湧きあがってきた。

ということで、ここからは「福澤諭吉の故郷中津」のガイド役の一人として、人と人との「縁」をもっともっと広げていこうと決め、自分の中で「学びの街、出版の街、コミュニケーションの街、中津」というコンセプトをつくった。

そしてこのコンセプトの実現のために、中津市に新しい拠点をつくり、諭吉さんの意志を伝えるさまざまなプロジェクトを新たに立ち上げていこうと思っている。

ここまで読んでくださったあなたはもうご理解いただけると思うが、この本は超訳本であり、登場人物は多少のモデルはいるものの、基本的にはファンタジーフィクションという形になる。

できる限り『学問のすすめ』の言葉を忠実に再現したつもりだが、ストーリーの進行上、シーンに合わせて多少のアレンジをかけているということはご理解いただきたいと思う。

そしてもうひとつ、あとがきを通してお伝えしたいことがある。

普通このタイプのふたつの時系列を扱う本の一般的なスタイルは、すでに成長した主人公の現在と、その人がダメダメだったときの過去を書くパターンが多い。しかしこの『拝啓、諭吉様。』は、諭吉さんと元が旅をした時系列をあえて今年、２０２４年に設定した。だからプロローグとエピローグの元とひな子のやりとりは、正確には２０３４年のことになる。

あえてそうした理由、それは「未来の元の姿が、10年後、読者であるあなたがたどり着く未来であるように」という願いをこの本に込めたからだ。

こうした理由から、普通のセオリーとは違った時系列の書き方をしたので「あれ?」と思われた方もいるかもしれないが「そうか。諭吉さんの教えを学ぶことで、自分も将来、元みたいな感じになるんだな」と思っていただけると嬉しい。

今回、読者であるあなたに、3つのプレゼントを準備させてもらった。

まずひとつめは『拝啓、諭吉様。』動画。今回の物語に出てくる場所はほぼ実在する（天国のご先祖委員会もあってほしいと願うが）。それらの場所を回った動画を収録したので、ぜひ楽しんでいただければと思う。

ふたつめは、いま、中津市が力を入れている「不滅の福澤プロジェクト」についての奥塚正典市長との特別対談、そして中津市観光マップ。もしあなたが「諭吉さんの生まれ育った中津に行ってみたいな」と思ったとき、この音声とマップ、そして本がガイドブック代わりになれば、こんなに嬉しいことはない。

そしてみっつめ。いつものことながら、今回も文章を書きすぎてしまった。ページ数の関係上、泣く泣くではあるが1章分をまるごと削った。

実はこの本は5章と6章の間に幻となった章がある。中津城の石垣の上で諭吉さんと元が話した後、そして6章の宝来軒のシーンが始まる間のストーリーだ。これを「幻章」としてPDFで読めるようにしたので、ご興味のある方はぜひ巻末のQRコードから読んでいただければと思う。

この場をお借りして、『拝啓、諭吉様。』の出版に多大なお力をお貸しくださったみなさまへの感謝を伝えたい。

対談にご出演くださり、この本の企画を何年にもわたって応援してくださった奥塚正典中津市長、不滅の福澤プロジェクトのみなさま、慶應義塾福澤研究センター客員所員の松岡李奈さん、麻布山善福寺の麻布住職、麻布住職を紹介してくださった千本倖生さん、中津耶馬渓観光協会の柳友彦さん、中津にある宝来軒中央町店の山平隆史さん、諭吉コルリの菊池徹さん、第一印刷（株）の武本成将社長。

この本を出版してくださったすばる舎の徳留慶太郎社長、上江洲安成編集長、原口大輔営業副部長、すばる舎のみなさま。本当にありがとうございます。

僕の執筆の最大の縁の下の力持ちである永松茂久出版チームの池田美智子さん、山野礁太さん。妻の寿美、息子の亨太郎、隆之介。ワンワン出版部のとら、さくら、ひな、ももこ、まる。本当にありがとう。

最後にこの本に出会ってくださったあなたに一番の感謝を込めて天に願いを。

ここからも、あなたの心に諭吉さんの思いの灯《ひ》がともり続けますように。


2024年夏、福澤諭吉旧居にて中津祇園の鉦の音を聞きながら

敬具
永松茂久

『拝啓、諭吉様。』
感謝の「ギフト」のご案内

1 著者永松茂久による、
諭吉さんと元が旅をした場所の紹介動画

2 中津市長・奥塚正典氏と永松茂久の
対談音声＆中津市観光MAP

3 『拝啓、諭吉様。』幻章の原稿

詳細はこちらより
https://lp.nagamatsushigehisa.com/yukichisama

※ 特典の配布は予告なく終了することがございます。予めご了承ください。

※ 動画、音声、PDFはインターネット上のみでの配信になります。予めご了承ください。

※ このギフト企画は、永松茂久が実施するものです。
企画に関する お問い合わせは「https://nagamatsushigehisa.com/」までお願いいたします。

宝来軒 中央町店

大分県中津市にある50年以上の歴史があるラーメン店。本書の著者・永松茂久が「もし明日地球が滅びるとしたら、最後に食べたいラーメン」というほど愛している中津のソウルフード。秘伝のタレとこだわりのスープ、生麺が絶品で毎日食べても飽きない味。ぜひ、ご賞味してほしい。通販でも購入可。

https://houraiken-chuoumachi.com/

競秀峰

中津市の耶馬渓を代表する名勝。山国川下流側から一の峰・二の峰・三の峰・恵比須岩・大黒岩(帯岩)・妙見岩・殿岩・釣鐘岩・陣の岩・八王子岩などの巨峰や奇岩群が約1キロに渡り連なっていて、その裾野には禅海和尚の手彫りトンネル「青の洞門」がある。日常から解放される気持ちいい絶景。

https://nakatsuyaba.com/?introduce=kyosyuho

M&C CAFE 丸の内店（丸善丸の内本店併設）

創業150年以上を誇る老舗書店『丸善』とのコラボレーションカフェ。丸善創業者の早矢仕有的さんが考案したとされる「元祖・早矢仕ライス」を食べることができる。濃厚なハヤシソースは「文明開化」を彷彿させる深い味わい。東京駅前にある丸善丸の内本店に立ち寄った際にはぜひご賞味いただきたい。

https://clea.co.jp/shop/mc-cafe

麻布山 善福寺

東京都港区元麻布にある寺院。都心とは思えない清浄な山内墓地に福澤諭吉さんの墓所がある。平安時代の天長元年(824年)に唐に渡り真言を極めて帰国した弘法大師によって、真言宗を関東一円に広めるために高野山に模して開山された。都内では金竜山浅草寺につぐ最古の寺院といわれている。

https://azabu-san.or.jp/

『拝啓、諭吉様。』の舞台を一部ご紹介！

大分県中津市の観光情報は下記へ
一般社団法人　中津耶馬渓観光協会
https://nakatsuyaba.com/
『拝啓、諭吉様。』窓口担当：柳

中津のからあげ店

中津といえば「からあげ」。市内には多くのからあげ店がある。塩ダレや醤油ダレ、ニンニクやショウガなど各店舗にこだわりの味付けがある。注文を受けてから揚げたてを提供するのが特徴。中津に行った際には、揚げたてでジューシーな「中津からあげ」をぜひ堪能してほしい。

https://seichi-nakatsukaraage.com/karaage/

福澤諭吉旧居・福澤記念館

大分県中津市にある、福澤諭吉さんが幼少青年期を過ごした旧居。隣には福澤記念館があり、諭吉さんの遺品・遺墨・書籍などの関連資料が展示されている。1階では時系列に諭吉さんの一生をたどることができ、2階では諭吉さんにまつわる人々などさまざまな側面を見ることができる。

https://fukuzawakyukyo.com/

諭吉コルリ

福澤諭吉旧居前の福澤茶屋内にある『諭吉コルリ』。諭吉さんが「Curry」を「コルリ」と表記し、日本にカレーを初めて紹介したことに由来する店名。300年以上の歴史があるむろや醤油が運営しており、むろや醤油の味噌ビーフカレーも堪能できる。カレーは食べ放題で中津のお土産も購入できる。

https://www.instagram.com/yukichicoruri/

参考文献（順不同）

本書を執筆するにあたって、下記の書籍・資料・Webサイトをはじめ多くの先人の方々の研究を参考にさせていただきました。この場を借りて、心より感謝いたします。

◆ 書籍

『NHK「100分de名著」ブックス 福沢諭吉 学問のすゝめ』（齋藤孝著/NHK出版）

『図解　学問のすすめ―カラリと晴れた生き方をしよう』（齋藤孝著/ウェッジ）

『現代語訳 学問のすすめ』（福澤諭吉著、齋藤孝訳/筑摩書房）

『現代語訳 福翁自伝』（福澤諭吉著、齋藤孝編訳/筑摩書房）

『現代語訳 学問のすすめ』（福澤諭吉著、河野英太郎訳/SBクリエイティブ）

『学問のすすめ（いつか読んでみたかった日本の名著シリーズ①）』（福沢諭吉著、奥野宣之訳/致知出版社）

『ヨコ書き 学問のすすめ』（福沢諭吉著、河本敏浩訳/ブックマン社）

『教科書には載っていない 維新直後の日本』（安藤優一郎著/彩図社）

◆ Webサイト

慶應義塾福澤研究センター
https://www.fmc.keio.ac.jp/

慶應義塾大学出版会「福沢諭吉の出版事業 福沢屋諭吉～慶應義塾大学出版会のルーツを探る～（日朝秀宜）」
https://www.keio-up.co.jp/kup/webonly/ko/fukuzawaya/mokuji.html

◆ 資料

福澤諭吉旧居・福澤記念館
https://fukuzawakyukyo.com/

他多数

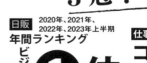

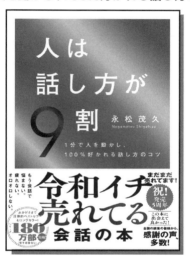

おかげさまでベストセラー&ロングセラー!
ずっと売れ続けて、14刷21.5万部突破!（電子書籍含む

人は聞き方が9割

1分で心をひらき、100%好かれる聞き方のコツ

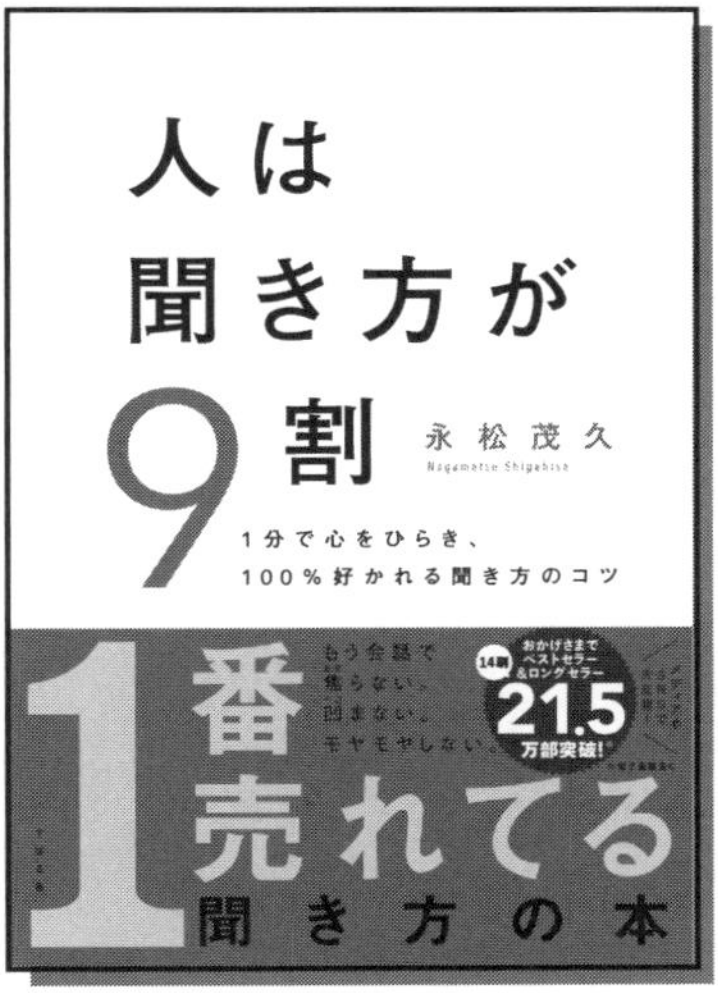

令和イチ
売れてる
聞き方の本

第1章　なぜ「聞く人」はうまくいくのか？
第2章　人に好かれる人の聞き方
第3章　嫌われない聞き方
第4章　「また会いたい」と思われる人の聞き方

1,650円（本体価格＋税）
ISBN：978-4-7991-1008-9
永松茂久・著

日本全国で
今日も繰り広げられている
「**ねぇ、聞いてる？**」問題も
この**1**冊で**解決!!**

人間関係　上司・部下　オンライン　夫婦　恋人

コミュニケーションで
もう凹まない!!

読むだけで「人の話」を聞きたくなり、
最後は心がスッキリする聞き方本の決定版！

ブックデザイン bookwall
装画 ふすい
DTP 野中賢／安田浩也（システムタンク）
校正 円水社
編集協力 池田美智子
営業 原口大輔（すばる舎）
編集 上江洲安成（すばる舎）

本書は史実・事実をもとにしたフィクションです。

永松茂久　ながまつ・しげひさ
株式会社人財育成JAPAN 代表取締役。

大分県中津市生まれ。

2001年、わずか3坪のたこ焼きの行商から商売を始め、2003年に開店したダイニング陽なた家は、口コミだけで毎年4万人（うち県外1万人）を集める大繁盛店になる。

自身の経験をもとに体系化した「一流の人材を集めるのではなく、今いる人間を一流にする」というコンセプトのユニークな人材育成法には定評があり、全国で多くの講演、セミナーを実施。「人の在り方」を伝えるニューリーダーとして、多くの若者から圧倒的な支持を得ており、講演の累計動員数は延べ80万人にのぼる。

2016年より、拠点を東京麻布に移し、現在は自身の執筆だけではなく、次世代の著者育成、出版コンサルティング、出版プロデュース、出版支援オフィス、講演、セミナーなど、数々の事業を展開する実業家である。

著作業では2020年、『人は話し方が9割』（すばる舎）が日本ビジネス書ランキングで1位を獲得（日販調べ）。続く2021年、すべての書籍を含む年間ランキングで総合1位（日販調べ）に輝く。翌2022年、ビジネス書ランキングで史上初の3年連続日本一を達成し（日販調べ）、単冊100万部を突破。2024年8月現在、37刷140万部（電子書籍含む）を突破し、日本のすべての書籍ランキングで令和No.1のベストセラーとなる（CDP CANTERA調べ/書籍/令和元年5月～令和6年7月）。

著書に『喜ばれる人になりなさい』『人は聞き方が9割』『リーダーは話し方が9割』（すばる舎）、『30代を無駄に生きるな』『20代を無難に生きるな』（きずな出版）、『君はなぜ働くのか』『君は誰と生きるか』（フォレスト出版）、『感動の条件』（KKロングセラーズ）など多数あり、累計発行部数は450万部を突破している。

永松茂久　検索

拝啓、諭吉様。
もし現代の若者が『学問のすすめ』を学んだら

2024年9月12日　第１刷発行

著　者　永松茂久《ながまつしげひさ》
発行者　徳留慶太郎
発行所　株式会社すばる舎
〒170-0013 東京都豊島区東池袋3-9-7東池袋織本ビル
TEL　03-3981-8651（代表）　03-3981-0767（営業部）
FAX　03-3981-8638
https://www.subarusya.jp/
印刷所　シナノ印刷株式会社

落丁・乱丁本はお取り替えいたします

ISBN978-4-7991-1140-6